OPERAÇÃO ɃENEFIT

Corrupção, sexo, família
e pastéis de quibebe com charque

Rodrigo Valdez

OPERAÇÃO BENEFIT

Corrupção, sexo, família e pastéis de quibebe com charque

1ª edição / Porto Alegre-RS / 2023

Saber que não se sabe constitui, talvez,
o mais difícil e delicado saber.

Ortega y Gasset

Agradeço a Ana Helena Rilho pelo seu cuidado, ao revisor e agora amigo Gustavo Czekster, aos colegas da Oficina de Romance, em especial ao camobiense Harold Hoppe, ao José Osmar Pumes e Nilton Araújo, pelas críticas, sugestões e bom humor durante a pandemia, época em que este livro foi gestado. Por fim, mais uma vez, agradeço ao Mestre, e exímio formador de escritores (e de cidadãos melhores), Alcy José de Vargas Cheuiche.

Escrever é uma brincadeira séria, e cada livro é uma pequena morte, prolongada; uma batalha vencida nesta guerra que é a vida.

Para o companheiro Wolverine, *in memoriam*.

Para Ana Paula, sempre.

Sumário

1. O início 9
2. O Superintendente 13
3. O visto 19
4. O lar 23
5. O trabalho 29
6. A investigação 37
7. O genro 49
8. Planejamento da Operação 59
9. Teresa 65
10. O Bar do Seu Rabelo 69
11. El burdizzo 75
12. A reclamação 87
13. Deflagração da Benefit 91
14. A fotografia 97
15. O balanço da Operação 101
16. Che e Golbery no antigo
    acampamento Sérgio Moro 107
17. Voltando ao Bar do Seu Rabelo 111
18. O Oráculo 117
19. Delações forçadas 121
20. Genésio 129
21. O conselho 137
Epílogo 143

O início

As próximas semanas definirão o futuro de Jacinto, glória ou fracasso, fama ou ostracismo. Se algo grave acontecer, ele poderá até ser demitido. Ao final da sua carreira, Jacinto almejava, no mínimo, uma confortável aposentadoria no exterior, no posto de Adido Policial. Quando começou a trabalhar como Delegado, sonhava em ser Ministro da Justiça ou DG, Diretor-Geral da Polícia Federal, mas não chegou nem a Superintendente em algum Estado. Não por culpa sua, mas por azar mesmo. O sistema é injusto. Sempre trabalhou e seguiu a lei à risca; foi pau-pra-toda-obra, mas nunca o preferido dos seus chefes. Jamais pegou um caso rumoroso ou de grande repercussão como esses da Lava Jato ou da Operação Rodin. O que agora estava prestes a finalizar tinha ido parar na sua Delegacia por conta do falecimento de um colega que se enforcou na carceragem da Polícia Federal. Ninguém quis encarar a bronca no meio da investigação, achavam que era de mau agouro. Foi quando o Superintendente resolveu dar uma chance a Jacinto.

Assumiu o inquérito quando já corriam três meses de interceptação telefônica. Poucos alvos. O dia da deflagração estava próximo. A Operação envolvia dezenas de milhões de reais em benefícios fiscais indevidos, corrupção de servidores públicos, criação de empresas de fachada e subfaturamento em importações: só coisa boa.

Porém, algo o incomoda naquele trabalho, um pressentimento ruim. Nunca sentira isso em toda sua vida profissional: um ano na Polícia Civil, dez anos como Agente da Polícia Federal e, agora, vinte e cinco anos como Delegado. Não podia manchar a sua carreira, nem a fama da Federal gaúcha, acostumada a resolver casos de repercussão e a salvar o país dos mais diferentes tipos de bandidos e escroques.

Se der alguma merda na investigação, possivelmente até a história da pequena cicatriz que tem no lado esquerdo do rosto será relembrada. Ela fica entre o olho e a bochecha e, apesar de muitos considerarem-na feia, ele gosta do que vê diariamente no espelho: uma cara de mau. Jacinto nunca falava sobre o assunto, e muitos contavam que fora um tiro de raspão em uma abordagem a traficantes de cocaína. Era mentira; ele nunca dera ou levara um tiro em serviço. Outros dois policiais que o acompanhavam na época sabiam a origem nada honrosa da cicatriz: o Agente Federal estava correndo atrás de um contrabandista que largou o caminhão lotado de cigarros falsificados e fugiu da abordagem mata adentro. Ao pular uma cerca de arame farpado, tropeçou no fio, e o tombo foi feio. Acabou enredado igual a uma traíra na rede feiticeira. A cerca precisou ser cortada pelos colegas.

O telefone toca. É o escrivão Genésio, seu parceiro há muitos anos.

– *Doutor Jacinto, tenho que fechar os detalhes da Operação Benefit pra daqui a duas ou três semanas. O Juiz deferiu tudo o que pedimos, só que precisamos definir as equipes e fazer o pedido de diárias.*

– Quem escolheu esse nome ridículo, Genésio?

– *O Delegado anterior, mas é provisório. O senhor pode mudar. Que tal chamar aquele agente que é formado em Filosofia? Ele sempre batiza as operações usando alguma expressão do latim ou do grego.*

– Que latim ou grego, Genésio? Nosso povo mal entende português direito. Além disso, o pessoal da classe média, que é quem lê jornal, gosta de nome em inglês ou francês. Já viu quanto nome de prédio estrangeiro em Porto Alegre? Maison du Soleil, Park Avenue, Highlands...

– Entendi, Doutor.

– Tá bom, vem aqui no meu gabinete. Vamos conversar sobre esse caso. Estou com algumas dúvidas.

O Superintendente

Nunca tinha recebido uma mensagem privada de WhatsApp do Superintendente. Ainda mais no fim de semana, e pedindo para que ele passasse no seu gabinete na primeira hora da manhã de segunda-feira. A falta de maiores detalhes deixou Jacinto muito intrigado. Será que tinha feito algo errado? No fundo, o que mais o incomodava era entrar naquela sala. O chefe fazia questão de realizar todas as reuniões com os Delegados lá, mesmo sem ter espaço suficiente na mesa retangular. Gostava de apinhar o lugar de gente, exibindo as paredes lotadas de fotos e de pequenos quadros com molduras, espalhados de maneira desordenada: certificados de cursos, comendas da Polícia Militar, do Exército, Marinha e Aeronáutica, homenagens recebidas de Câmaras de Vereadores, Rotarys e Lions, inaugurações de prédios públicos e idas ao Congresso Nacional. Toda essa jequice deixava Jacinto profundamente irritado. Para passar o tempo, ele tentava computar o número total de quadros, mas nunca conseguia, porque a bagunça das imagens dependuradas e as interrupções de colegas acabavam o atrapalhando. O excesso de quadros servia mesmo era para ocultar aquilo que ninguém tinha coragem de falar: o Superintendente só chegara naquela posição por influência política, da mesma forma que já fora chefe em vários outros Estados.

Prédio da Polícia Federal, segunda-feira, oito e meia da manhã:

– Bom dia, Superintendente, tudo bem com o senhor?

– Tudo ótimo, Jacinto. E a Teresa e as crianças, como estão?

– Tudo bem. As crianças estão com vinte e dois anos, o Jacintinho e a Luísa.

– O tempo passa...

– É... Mas a que devo a honra? Algum problema?

– Não, pelo contrário. Tu estava de licença-capacitação, mas ficou sabendo do incidente com o colega aqui na carceragem, né?

– Sim. Eu estava na Califórnia estudando inglês, mas soube pelo Genésio. Que coisa horrível.

– Todos ficaram bem abalados. Recebi muitas mensagens. Ele era um cara tranquilo, sessenta anos, quieto, trabalhador, veio removido do Paraná há uns seis meses. Fez carreira lá. Separou-se da esposa em Curitiba, filhos criados. Não tinha histórico de depressão.

Jacinto disfarça um bocejo, perguntando-se o que tem a ver com isso. Tudo bem, o cara morreu, vida que segue. Contudo, naquele dia em específico, algo o incomoda muito além dos inúmeros quadros nas paredes do gabinete.

Sente uma forte sensação de desconforto, aquele vazio no estômago que se acostumou a chamar de implicância, de irritação. Percebe os famosos chumaços de pelo que, lustrosos e imponentes, saem dos ouvidos do seu superior hierárquico. Como alguém não se dá conta de tamanha excrescência biológica? Há alguns anos, quando esses pelos inconvenientes começaram a aparecer no seu próprio aparelho auditivo, Teresa lhe dera, sem falar nada, um pequeno aparador comprado no Camelódromo. Que nojo. Quer sair logo dali. Batendo o pé com impaciência, solta um comentário para encerrar o assunto:

– Bom, sempre as mulheres, né. Deve ter tomado umas guampa. Esses paranaenses, metade é filho de gaúcho e a outra metade quer ser paulista.

Um leve tremor no canto do lábio esquerdo do Superintendente indica o seu desagrado com o rumo da conversa.

– O homem era gaúcho, Jacinto... Bem, vamos ao que interessa. Os inquéritos dele já foram distribuídos na Delegacia de Combate à Corrupção, mas tem um caso que eu preciso que tu assuma, uma operação que pode mudar o sistema de concessão de benefícios fiscais no Rio Grande do Sul e, talvez, no país inteiro.

Jacinto inclina-se para a frente com um olhar brilhante e pergunta de forma afobada:

– Coisa grande? Tem interceptações telefônicas?

– Sim, mas a escuta só começou há três meses, e são poucos alvos. Caso de corrupção, sonegação e talvez alguma lavagem de dinheiro.

– Doutor, quem é craque nessa parte, a Miriam, está de licença-gestante, eu tô só com o escrivão e dois estagiários.

– Me diz uma coisa, o Genésio não é bom? Não pode assumir esse acompanhamento? A gente estava tão perto da deflagração.

– O Genésio é ótimo. Ponta firme, de confiança e super CDF. Trabalha comigo há quase vinte anos, desde que eu cheguei em Porto Alegre. Será que o senhor não podia suspender o nosso recebimento de inquéritos novos enquanto não terminar esse caso?

– Por quanto tempo isto, Jacinto? Um mês, dois meses? Os outros Delegados vão chiar.

– Eu não conheço a investigação, Doutor. E se ela é tão importante assim...

– Tá bom, vou avisar o Corregedor pra tu não receber novos inquéritos até o final da operação.

– Fechado, Superintendente. Pode contar conosco sempre. Vamos pegar esses vagabundos. Sabe se tem alguém do PT envolvido?

– Não sei os detalhes. Hoje mesmo vamos autorizar a tua delegacia a acessar toda a investigação.

– Obrigado. Bom dia pro senhor.

Jacinto sai do gabinete, situado no andar mais alto do prédio, e dirige-se até a sua salinha, que fica no terceiro andar da Polícia Federal, em Porto Alegre. Desce pelas escadas porque não gosta de encontrar colegas nem de conversa de elevador, aquelas em que quase desconhecidos perguntam como vai a família, comentam sobre o tempo, como está quente, frio e se vai chover... ou, então, fazem gozações com o Colorado; ninguém merece esse tipo de papinho logo cedo. Entra no seu escritório. Genésio já está ali há um bom tempo.

– Bom dia, Doutor Jacinto. Como foi de viagem?

– Ótimo, Genésio. Fiquei um mês inteiro lá. Tu sabe que eu adoro os Estados Unidos, ainda mais a Califórnia.

– E a família? A dona Teresa, os gêmeos...

– Estão ótimos, mas não foram. A Teresa só gosta de Nova Iorque e os gêmeos já estão na Faculdade, fazem estágio e o escambau.

– Que pena.

– Tudo tranquilo por aqui durante a minha ausência?

– Tranquilo e sereno, Delegado. Estamos com os prazos em dia, como sempre.

– Isso eu imaginava, Genésio, mas quantas vezes já te disse pra não ser tão cabação? Tu deixa tudo redondinho, e daí nunca mais recebemos Delegados ou Agentes pra nossa delegacia. Porra!

– Doutor, desculpe, não sei fazer de outro jeito.

– Tá bom, tá bom. Voltei hoje e já consegui que o Superintendente suspenda a distribuição de inquéritos pra nós por algum tempo.

– Por que, Doutor?

– Vamos assumir uma investigação importante do Delegado falecido.

– Sério? Uma Operação? Sobre o quê?

– De corrupção, e com interceptação em curso. Como a Miriam está fora, tu vai assumir tudo. Ok?

– Sim, Doutor, sem problema. Hoje mesmo já vou descobrir quem era o agente responsável pelo acompanhamento e me inteirar de tudo.

– Isso, lê os relatórios e ouve todos os áudios. Depois me manda um resumo do caso e conversamos aqui na quarta à tarde.

– Mas hoje é segunda, Doutor.

– Tá bom, então conversamos na sexta, mas controla bem os prazos de vencimento e renovação das escutas pra não dar nenhum erro... Esses Procuradores da República e Juízes são muito cricri com isso.

– Feito. Ah, a dona Teresa ligou faz pouco.

– Obrigado, Genésio.

O visto

— Que foi, amoreco? Já tá me ligando no meu primeiro dia depois da licença? Sentiu saudade?

— *Liguei sim, amor, pra te lembrar de passar no super hoje. Vou te mandar uma listinha no Whats. Depois de ficar saracoteando por aí em cursinho de inglês, esse mês é tudo contigo. Passear com os cachorros... levar na Petshop. Ah, e compra ração pro Che e pro Golbery, que acabou. Ração boa, hein, não aquelas porcarias baratas. E te prepara, que amanhã vou te passar uma lista das coisas estragadas aqui em casa.*

— Tá bom, Teresa, mas tu não foi comigo porque não quis.

— *Não vem ao caso.*

— Foi bom tu ligar, estava vendo aqui e meu visto vai vencer, tenho de renovar. Não quer ir comigo fazer o teu?

– *Visto pra onde, Jacinto? Que visto? Não sabia que iríamos viajar.*

– Ora, o visto pra terra da liberdade econômica, pro país das oportunidades, pra nação mais desenvolvida do planeta.

– *Mas tu recém voltou de lá.*

– Ora, tu sabe que todos os anos eu tento ser selecionado praquele curso do FBI de Inteligência e Investigação. Imagina só, passar mais seis meses na terra do Tio Sam...

– *E tu sabe muito bem que eu não gosto dos norteamericanos. Prefiro ir para a Europa, para Paris, Londres, Atenas... Só tolero a Big Apple.*

– Nunca entendi o motivo desta tua raiva.

– *São imperialistas, conservadores e exploradores. Já invadiram o México, o Haiti, Cuba, El Salvador, Vietnam, Afeganistão, Iraque... e outros. Aliás, não duvido que, mais dia menos dia, vão invadir o Irã.*

– Casei contigo, sei que tu é professora de História, não precisa me dar aula. Mas tu também sabe que eles livraram o mundo do nazismo.

– *Foram aliados importantes, mas a resistência britânica é que foi determinante na Segunda Guerra. Os americanos são ecléticos, eles prestaram auxílio ao golpe de 1964 e a outras ditaduras militares aqui na América Latina.*

– Ajudaram na Re-vo-lu-ção. E foi pra combater os comunistas, assim como aconteceu em alguns países, quando eles tiveram de entrar pra manter a lei e a ordem.

– *Na média, são conservadores, uns quadrados, só pensam no próprio umbigo e se acham os donos do mundo.*

– Mas eles são!

– Minhas amigas passaram por situações horríveis na imigração, foram revistadas, precisaram tirar os sapatos e a roupa. Aquelas que estavam indo sozinhas ainda passaram por perguntas constrangedoras.

– Se são as mesmas amigas que conheço, eu também investigaria a fundo...

– Machista!

– ...

– E agora, pra finalizar, eles não precisam mais nem de visto pra entrar aqui no Brasil. Já nós, brasileiros...

– Esquece essas bobagens... Te levo pra Europa ano que vem. Temos que ir pra Miami. O Jacintinho e a Luísa não conheceram as montanhas russas e as princesas porque tu não quis levá-los pra Orlando quando o dólar estava bem baixo há uns dez anos, lembra?

– Lembro, e não só lembro como me orgulho.

– Tá, conversamos em casa. Tenho de colocar tudo em ordem aqui, vou assumir um caso importante.

– Tá bom. Beijo, amor.

O lar

Mais uma manhã comum no lar dos Sanchotene Silva. O casal acorda às sete horas. Jacinto precisa estar às oito e meia na Delegacia. Teresa deve dar aulas na Faculdade de História da UFRGS ou orientar seus alunos da Pósgraduação. Fosse por ele, Jacinto acordaria às nove horas; mas assim é melhor, fim da tarde já está em casa ou no Bar do Seu Rabelo, para tomar umas Brahmas e comer o pastel batizado com o seu nome. Lógico, isso quando não há trabalho extra, como operações ou prisões. As crianças, Jacintinho e Luísa, acordam mais cedo, tomam café voando e saem para o trabalho, faculdade ou estágio.

Jacinto tem a sua rotina: todos os dias, ele toma uma xícara de café forte e faz uma torrada de pão de centeio, que é pra não engordar. No meio dela, vão três fatias de queijo derretidas, mais duas de mortadela ou presunto. Diz que precisa de proteína para trabalhar bem: afinal, segundo ele, foi isso que nos diferenciou dos macacos, comer carne.

Começam a ler os jornais ao mesmo tempo. Teresa é assinante do Correio do Povo; Jacinto, da Zero Hora. Teresa inicia pela coluna do Juremir Machado e lê o periódico todo, é neurótica com isso. Jacinto começa pelo Inter no caderno de esportes; quando o time perde, nem abre este caderno. Do resto do jornal, só lê as matérias que lhe chamam atenção.

Depois de uns vinte minutos de silêncio, ambos param a leitura e cada um faz as palavras cruzadas do seu jornal. É uma competição que realizam todos os dias, e quem terminar antes ganha. Anotam o resultado com risquinhos em um bloco de notas afixado na geladeira, somando no final do ano. Teresa sempre vence, talvez porque seja uma grande devoradora de livros. Jacinto só lê os seus inquéritos e a Zero.

– Time rebaixado em 2016 com treze letras?

– Engraçadinha! Não sei! Tu sabe que fico em stand -by até o meio-dia.

– Acabei. Olha aqui, amor, o Brasil lançou um nanossatélite no espaço lá no Cazaquistão.

– Agora tu tá numas de dar spoiler de notícia de jornal, Teresa? Deixa eu ler a minha Zero sussa.

– Mas é muito interessante. Foi uma parceria da Universidade Federal de Santa Maria, do Instituto Nacional de Pesquisas Espaciais e da Agência Espacial Brasileira.

– Nem sabia que tínhamos a nossa NASA. Vai dar errado isso aí. Não investimos nada em tecnologia, apesar do nosso Ministro ser ex-astronauta. Um astronauta brazuca, quem diria... Os outros concorrentes deviam ser muito ruins. Ou talvez fossem chimpanzés, cachorros e gatos.

– Esquece esse complexo de vira-lata, Jacinto. Já é o segundo que lançamos, o primeiro foi em 2014.

– Astronauta?

– Nanossatélite, bobão.

– Qual é o objetivo dessa coisa aí, estudar ou coletar o quê?

– Monitorar a precipitação de elétrons na ionosfera e seus efeitos na Anomalia Magnética da América do Sul.

– QUÊÊÊ?! Deveriam era investigar as anomalias da massa encefálica feminina latino-americana... Vai dar merda isso aí. Escreve o que tô dizendo. Qual o tamanho dessa coisa?

– Vinte e dois centímetros de comprimento por dez de largura e altura, e pesa dois quilos.

– Então, toda essa festa foi porque lançamos um tijolo no espaço? Larguei! Tomara que, na volta, caia na cabeça de algum comunista eleitor da Dilma, lá no nordeste.

– Deixa de ser juca. Aliás, ontem de noite, tu nem me contou do caso novo na Polícia.

– O supermercado tava lotado. Quando cheguei em casa, tu tinha ido dormir com as galinhas.

– Estava cansada... E aí, é tipo uma Lava Jato?

– Não, nem se compara. É uma operação menor, mas muito importante. Não tenho os dados ainda, o Genésio vai me passar tudo na sexta-feira. Essa investigação tava com aquele Delegado que se matou.

– E tu vai assumir? Logo tu, que é todo supersticioso com essas coisas?

– Quem te disse essa besteira? Ter superstição dá azar.

– Sei, mas se der tudo certo nesse caso, daí tu pode ir pra Lava Jato, de repente?

– Não sei. Aliás, ontem mesmo meus colegas deflagraram a ducentésima fase da operação Lava Jato.

– Duzentas fases já? Não vai acabar nunca isso?

– Ora, como é que vai acabar... A corrupção já acabou no país e ninguém me avisou?

– Lógico que não, Jacinto. Nunca acabará. A corrupção é inerente ao ser humano, existirá sempre.

– Mas nossos políticos são mais corruptos.

– Isso é uma narrativa criada, Jacinto. Somos todos corruptos. O ser humano é corrupto. O político é corrupto, o empresário sonegador é corrupto, nós temos até padres corruptos. O que varia é o nível de corrupção, em maior ou menor grau. Vai dizer que tu nunca mentiu, Jacinto?

– Pra ti, não, amor.

– Ah, tá bom, claro, era só o que me faltava, ouvir essa daí.

– E tu?

– Nunca! Mulheres não mentem jamais.

Jacinto sufoca uma risadinha.

– Não sei se tu sabe, mas a Lava Jato é a maior operação anticorrupção no mundo. São centenas de prisões, e bilhões de reais devolvidos aos cofres públicos. Isto vale muito mais do que um satélite carregado de nanotroços!

– Tu ainda pode trabalhar na Lava Jato, amor?

– Seria uma honra, e, além disso, agora temos Lava Jato no Rio de Janeiro e São Paulo, além de Curitiba.

– Mas tu não tem experiência nenhuma com crime financeiro, corrupção...

O lar

– Tá me chamando de ultrapassado?

– Não, é que...

– Nessas operações, temos uma estrutura com técnicos em informática, contadores, gente do Banco Central, peritos de várias áreas. Eu não preciso saber a fundo sobre crime financeiro.

– Tu quer mesmo é aparecer naquelas entrevistas com powerpoints cheios de erros, é isso?

– Engraçadinha. É só prender um grande empresário, ou um doleiro, por exemplo, e deixar eles guardados um tempo. Daí eles entregam tudo. Essa gente tá acostumada só com a parte boa da vida, Teresa. Têm famílias de propaganda de margarina, bebem vinhos caros, exibem mulheres lindas por aí, dirigem ótimos carros, fazem viagens. Daí, são esses peixes menores que acabam entregando os tubarões.

– Deixa ver se entendi: usam a prisão pra obrigar o preso a falar, a fazer delação premiada?

– Não! Eles ficam presos pra não delinquir mais, pra não destruir provas, pra não atrapalhar a investigação.

– Sei.

– Quando fazemos buscas, nós apreendemos os celulares, computadores e documentos dos alvos. Antes, a gente precisava de um pouco de sorte pra achar o que era importante nas pilhas e pilhas de documentos, arquivos de mídia apreendidos, ligar nomes a contas no exterior... Hoje, com as delações, tudo é explicado pelos próprios investigados em troca da redução da pena. Ficou bem mais fácil processar os envolvidos. É um modus operandi que funciona mesmo, daí o sucesso da operação.

– Pra mim, essa operação só serviu mesmo foi pra derrubar uma presidenta legitimamente eleita.

Jacinto ri alto. Teresa faz uma careta pra ele.

– Presidenta? De todes? Para com essa bobagem e não vem com papinho de comunista.

– Ora, divulgaram trechos de conversas da Dilma com o Lula, que nada tinham a ver com a investigação, gravadas fora do prazo da interceptação telefônica, e passaram pra Globo. Isso foi o estopim para o impeachment.

– Golpe na TUA opinião; e, todo mundo sabe que esses petistas são tudo ladrões.

– Isso na TUA opinião. Bom, amor, não vamos brigar, mas prefiro que tu não vá trabalhar na Lava Jato.

– Ué. Por quê?

– Porque eu te amo, não ia querer ficar longe de ti durante a semana. Vê se acha uns bandidos aqui por perto e daí criam uma operação Lava Jato Porto Alegre.

– Tá bom, Teresa. Deixa eu ir pro trabalho tocar os meus inquéritos de contrabando.

O trabalho

Como qualquer pessoa metódica, Jacinto sai da sua casa na Rua Barão de Ubá sempre às oito e quinze da manhã. Entra à direita e desce a Carlos Trein; pega a Nilópolis e segue até a Vicente da Fontoura, onde dobra à esquerda. Depois entra na Ipiranga e segue até o prédio da Polícia Federal. Todos os dias, ele faz este mesmo trajeto até o trabalho. Vai tranquilo, porque, como todo bom policial, anda armado. Quando está sozinho no carro, dirige com a pistola embaixo da coxa esquerda, pronto para queimar qualquer vagabundo que se atreva a tentar assaltá-lo em alguma sinaleira. Contudo, isso nunca aconteceu, nem perto. Tem dúvida se é azar ou sorte.

Naquele dia em especial, ao parar na sinaleira da Ipiranga com a Santana, nota uma senhora bem magra e velhinha mancando em direção ao seu carro BMW. Ela anda com o corpo encurvado e traz um cigarro na mão, fumando e pigarreando ao mesmo tempo. O dia está frio.

Sempre que vê alguém muito idoso fumando, ainda mais de manhã cedo, uma ira incontrolável domina o Delegado. Sente uma súbita vontade de sair do carro, dar uma rasteira na velha para fazê-la cair de costas no chão e, após arrancar o cigarro dos seus dedos, enchê-la de xingamentos. Por segundos, passa esse filme na sua mente, e sente prazer real ao imaginar a cena. Porém, logo desiste de tamanha insensatez e apenas faz um gesto, mandando-a afastar-se do carro, enquanto liga o rádio. Fica mais irritado quando lembra que demitiram o seu comentarista preferido. Ainda não sabe em qual rádio ele está desde a demissão, precisa descobrir. Era um radialista de direita raiz.

Estaciona sua BMW na vaga privativa para Delegado e sobe as escadas até o seu gabinete no terceiro andar.

No seu gabinete, trabalham a agente Miriam, o escrivão Genésio e dois estagiários. É enxuto, mas funciona bem. A sua Delegacia trata de crimes contra a Justiça do Trabalho, como falso testemunho, além de sonegação fiscal, contrabando e descaminho. Também chegam alguns casos de pequena corrupção, como, por exemplo, quando alguém oferece propina para um policial rodoviário federal. Não recebe investigações de grande repercussão porque estas vão para a Delegacia especializada no combate às organizações criminosas, corrupção e lavagem de dinheiro.

– Bom dia, Genésio.

– Bom dia, Delegado.

– Que que tu tá lendo aí?

– Uma mulher deu à luz num ônibus aqui em Porto Alegre esta semana. O cobrador ajudou e a criança nasceu bem. Que coisa, né?

O trabalho

– Deu sorte, então! Fosse no SUS e era capaz do bebê ou da mãe morrerem ou, no mínimo, pegarem uma dessas bactérias horrorosas que existem por aí.

– Doutor, o SUS atende cento e cinquenta milhões de pessoas por ano, realiza zilhões de procedimentos e exames, tem programas de imunização e tratamento da AIDS reconhecidos internacionalmente, cuida de pacientes com câncer...

– Obrigado pela aula, Genésio, teria gostado mais se tivesse pedido. Mas tu já foi ou levou teus filhos no SUS?

– Não, o senhor sabe que eu sou solteiro e sem filhos, e tenho plano de saúde particular.

– Todos nós temos, então para de bobagem e diz aí: qual é a pauta de hoje?

– Falando em SUS, hoje temos um caso de sonegação fiscal daquele empresário bambambam que tá sempre nas colunas sociais com a esposa, o dono da concessionária de carros de luxo. Trinta milhões de reais. A Receita Federal pegou a fraude bem direitinho.

– Trinta milhões é troco, farinha miúda.

– Doutor, desculpe, mas eu acho a sonegação tão grave quanto a corrupção. A diferença é que a corrupção ocorre depois do orçamento, na execução das políticas públicas, enquanto a sonegação acontece antes, evitando que os valores entrem nos cofres públicos, prejudicando toda a sociedade.

– Deixa eu entender. O dinheiro que não é arrecadado nos impede de receber todas estas maravilhas que o Estado proporciona? Educação pública de qualidade, ausência de filas no SUS, esse monte de médicos cubanos que nem médicos são, estradas sensacionais e, principalmente, uma segurança pública nórdica. É isso, Genésio?

– Doutor, a sonegação mata pessoas...

– Genésio, a nossa carga tributária é das mais altas do mundo, então esse cara aí que tu falou, ele tem é que ganhar uma estátua por ser empreendedor, pelos empregos que cria. Tu acha que os empregos nascem em árvores? Além disso, todo mundo sonega.

– Eu não, Doutor!

– Só porque tu é barnabé e não pode... Seguinte, quantas oitivas temos hoje?

– O Procurador da República mandou ouvir o Auditor-Fiscal que lavrou o auto de infração, o contador da empresa, o diretor financeiro, o RH, os dois sócios que constam como administradores no contrato social e o empresário. Ao que parece, ele administra a firma por procuração, mas tá sempre na mídia, já busquei no Google aqui, então não tem como fugir da responsabilidade agora.

– Genésio, tu virou Delegado agora, é? Deixa essa parte pra mim, TÁ BEM?

– Não, Doutor, desculpe. Eu... eu só queria ajudar na instrução.

– Tu nunca ouviu falar nas leis de recuperação fiscal, Genésio? Refis, Paex, Paes...

– São inconstitucionais, Doutor. Privilegiam os sonegadores e o bom pagador fica com cara de tacho, se sentindo um trouxa.

– Genésio, o STF nunca declarou inconstitucionais essas leis. E tem muita gente que quebra por causa do dólar, dos planos econômicos, da safadeza de empregados, dos roubos...

O trabalho

– Nem sempre, Doutor.

– Tá bom... Assim que o empreendedor chegar, antes de qualquer coisa, tu passa ele e o advogado direto na minha sala.

Tá muito saidinho o Genésio, esse comunistinha de merda! Mas deixa pra mim, ele vai ver na próxima, pensa Jacinto.

Após a saída do empresário e do seu advogado, ele chama o escrivão.

– Genésio, vamos enviar um relatório final do inquérito pedindo uma suspensão de 180 dias para o Ministério Público porque o empresário disse que vai contestar e depois parcelar esse débito abusivo.

– Certo, Delegado.

– Aliás, quando vem nossa estagiária nova, hein? Estamos sem o segundo estagiário há seis meses. Vou chamá-la de Zero Dois.

– Humm, acho que isso vai dar problema. A Laila chega daqui a uma semana, Doutor. É da UFRGS, cotista.

– Cotista?!

– Sim, Delegado, cotas raciais, e também estudou em colégios públicos, vi o currículo dela.

– Puta que pariu, era só o que me faltava. Tomara que seja inteligente.

– E por que não seria, Doutor Jacinto?

– Esse pessoal das cotas tem um nível mais baixo, todos vêm dos colégios públicos, que tão numa pindaíba há anos, e chegam aqui com déficit de aprendizagem. Além disso, sou contra essas cotas: se o cara é bom, não importa se é negro ou branco, vai vencer na vida. O nome disso é meritocracia, Genésio.

O escrivão começa a ficar vermelho, no entanto, respira e tenta rebater o chefe:

– Meritocracia, como? Os estudantes não partem de posições iguais, então não existe igualdade, nem perto disso. Pelo contrário, a classe média tem pais para educá-los, para ler histórias e participar da vida deles, porque contratam gente para cozinhar, limpar banheiros e lavar suas roupas. Isto sem contar que temos uma dívida histórica com a escravidão africana.

O Delegado coça as orelhas e se mexe na cadeira.

– É porque tu não tem filhos, Genésio.

– Mas pretendo ter. Nós nos beneficiamos da maior deportação forçada da história. Tiramos os negros do seu continente para trabalhar aqui para os brancos, proprietários de terras. O senhor sabia que os escravos eram considerados objetos, podiam ser vendidos, alugados, trocados, serviam de babás, amas-de-leite, trabalhavam nas lavouras e também lutavam em guerras que não eram suas?

– Tá bom, mas vamos ter que pagar essa dívida até quando? Nem fomos nós que a fizemos. Quero só ver na hora que esses cotistas tirarem as vagas dos teus filhos na universidade.

– Delegado, pensa, quantos colegas negros o senhor tem?

– Ora, os que estudaram se deram bem, e nem precisaram de cotas.

– Sim, mas é a minoria da minoria. O senhor sabia que os tubarões do Oceano Atlântico trocaram de rota migratória para seguirem os navios negreiros e se alimentarem dos escravos mortos jogados no mar?

O trabalho

– Ah tá, isso é narrativa esquerdista. E tem mais, o Jacintinho era pra ter passado no Direito da UFRGS, não entrou por poucos pontos, milésimos; aí um cotista pegou a vaga dele e agora eu vou ter que pagar a PUC por cinco anos. Mas, beleza, porque eu e a Teresa temos condições de pagar...

O escrivão olha para o chão, contrariado.

– Genésio, tá bom, chega de papo! Tu vai ser o responsável por revisar tudo dessa estagiária antes de me passar as minutas. Vamos mudar de assunto, não quero trabalho acumulando por aqui, ainda mais com esse caso novo. Tudo certo pra reunião de sexta?

– Claro, Doutor. Hoje no fim da tarde lhe envio um resumão e os relatórios de acompanhamento anteriores. Era bom que o senhor lesse tudo antes.

– De novo, Genésio? Quer ensinar o padre a rezar missa?

– Desculpa, Doutor.

– Só mais uma coisa. Andaram trocando a moça da limpeza aqui do andar?

– Não, ela entrou de férias.

– Então, por favor, vê se ensina a moça nova a colocar o meu papel higiênico no trequinho ali do jeito certo, como tem que ser: com o papel saindo para a frente do rolo e não para trás.

– Tá bom, Doutor.

E depois eu é que sou neurótico, pensa o escrivão Genésio, antes de sair da sala.

A investigação

Sexta-feira, duas da tarde. Genésio bate três vezes na porta do gabinete do Delegado Jacinto, no prédio da Polícia Federal, em Porto Alegre. Esse número de batidas foi prévia e rigidamente determinado: a agente Miriam deve bater duas vezes, o escrivão, três, os estagiários, quando autorizados a falarem com o Chefe, batem cinco vezes na porta. Assim, o Delegado já sabe de antemão quem está vindo perturbar a sua paz de espírito.

– Pode entrar, Genésio. E coloca a placa de não perturbe na porta.

– Certo, Delegado.

– E aí, o que temos da investigação até agora?

– O senhor não leu o meu resumo, Doutor? O que eu enviei ontem no final da tarde?

– Não li, Genésio. Tinha jogo do Inter à noite pela Libertadores. Fiz um churrasco com uns amigos, o Colorado ganhou e eu me passei no trago. Tava com um pouco de ressaca hoje de manhã. Mas, desembucha, confio em ti.

– Bem, Doutor, o inquérito iniciou com base numa denúncia anônima que deu entrada aqui na Superintendência há uns seis meses. O caso ficou um tempo parado na Corregedoria, depois foi distribuído pro Delegado falecido.

– ...

– Ele determinou que fossem apuradas as informações para não dar problema de nulidade depois. A cautela foi por conta da investigação e das interceptações telefônicas terem iniciado exclusivamente por denúncia anônima, como aconteceu na Operação Castelo de Areia, no STJ.

– Genésio, decretaram nulidade naquele caso porque foi o primeiro que pegou dinheiro de corrupção de empreiteiras abastecendo os partidos políticos. Lá em cima, quando ELES querem, inventam uma nulidade mandrake.

– Bem, o Delegado anterior era muito técnico, então confirmou todos os dados disponíveis na denúncia.

– Que eram?

– O alvo principal, que vou chamar de 1, é o filho de um empresário falido do ramo metalúrgico. Ele seria o beneficiário de incentivos do Estado na ordem de 125 milhões de reais.

– Não é pouca coisa.

– O dinheiro iria ser recebido em cinco anos, com a contrapartida de gerar e manter 120 empregos em duas unidades fabris, uma em Alvorada e outra em Cachoeirinha, com 60 trabalhadores em cada. Produção de peças para o setor automotivo. Target, o nome da empresa.

– E?

– Segundo a denúncia, nenhuma peça é produzida nessas unidades. Uma outra empresa, a Orange, criada pelo alvo principal, Sr. Paulo Isidoro Engel, e por seu sócio-gerente na Target, importa todas as peças da China e depois vende no mercado em São Paulo, onde possui escritório e passa a semana.

– Tinha que ter comunistas no negócio.

– O Delegado anterior confirmou as contratações dos 120 empregados nos sistemas de informação públicos; tudo formalmente correto no Ministério do Trabalho, na Receita Federal e no INSS. Pagam o piso da categoria. Verificou que ocorreram até algumas demissões de empregados, retirada de Fundo de Garantia e novas contratações, sempre em pequeno número, ano a ano.

– Mas...

– Aí que está: ninguém trabalhava nos dois galpões alugados nos distritos industriais de Alvorada e Cachoeirinha. Na fase do inquérito, os agentes cumpriram ordem de missão e confirmaram, por três vezes, que ninguém entrava ou saía das unidades, tanto faz se fosse pela manhã, de tarde ou à noite.

– Bah!

– Em cada terreno, rodeado de cercas, tem apenas uma guarita com um segurança na entrada, diversas câmeras e adesivos informando Vigilância 24 horas. A Receita já confirmou que a Orange importa peças da China, provavelmente subfaturadas, e revende no mercado paulista.

– Mas a Secretaria da Fazenda Estadual fiscaliza esses incentivos. Tem corrupção de algum fiscal?

– Segundo a denúncia, sim. Como este é o último ano de recebimento do benefício, e a fiscalização sobre o cumprimento da contrapartida é anual, a denúncia dá a entender que o pagamento de eventual propina deve ocorrer até dezembro, ou seja, daqui a um mês. Vai acontecer antes da liberação da última parcela do ajuste, mas não temos a indicação de qualquer nome ou de como vai ser.

– Confirmaram tudo com a Receita Estadual?

– Aham. A inteligência deles confirmou a existência e o teor do contrato. Além disso, temos os nomes dos dois fiscais responsáveis por acompanhar, dar pareceres e aprovar as renovações do benefício. Mas, para fornecer qualquer documento, somente com quebra de sigilo judicial. Disseram que o nosso pedido de fornecimento de documentos poderia vazar.

– Os fiscais são nossos alvos também?

– Alvos 5 e 6. Mas o Juiz não deferiu as interceptações telefônicas deles.

– Bunda mole!

– Também não deferiu qualquer outra medida investigativa sem a juntada de novos elementos da participação deles ou indícios do recebimento de propina.

– Cagalhão!

– Levantamos os dados de ambos com a Receita Federal. O primeiro, sessenta anos, está na terceira esposa e tem dois filhos com cada uma das primeiras. Paga 25% de pensão para cada. Casou com uma mulher bem mais nova e vive com ela numa bela cobertura em Porto Alegre. Deu uma casa para cada ex e tem uma mansão num condomínio em Xangri-lá, dividida entre as três famílias.

– Que taura...

– Doutor Jacinto, o cara é gênio mesmo. Instituiu tipo um time sharing para usarem a casa na praia. Cada família tem direito a 120 dias por ano.

– Como o pessoal descobriu isso tudo, hein?

– Ah, nas redes sociais e numa visita ao condomínio, estória-cobertura de uma agente nossa se passando por corretora interessada em negociar o imóvel.

– Pela minha experiência, eu diria que esse é malaco, tem problema no cartório. E o outro?

– O segundo auditor é casado há vinte anos. Dois filhos, tem uma casa em São Francisco de Paula, outra em Torres e uma cobertura aqui em Porto Alegre. Tem um bom carro, mas nada digno de nota. Sem viagens extravagantes, contas no exterior, ou problema de bebida. Não deveria despertar qualquer suspeita, mas...

– E daí, Genésio? Sem mistérios!

– É ótimo servidor de carreira, não fosse viciado em jogo.

– Bingo!

– Descobri numa postagem antiga de um amigo dele que o auditor vai todo ano jogar pôquer no Uruguai, em Punta Del Este. Essa semana, fiz um contato com um agente conhecido meu lá da Polícia Federal uruguaia. Ele confirmou com um informante que o Casino Conrad busca o nosso auditor de jatinho duas vezes ao ano. Ele gasta em média 200 mil reais em cada viagem.

– Tá loco...

– Por esse singelo motivo o cara ganha estadia, pensão completa e sabe-se lá o que mais, tudo para jogar pôquer em altas mesas, mais um pouco de 21 e Bacará. Não joga roleta, diz que isso é só para os burros, porque não há qualquer estudo de probabilidade... O problema é que esses detalhes me foram passados informalmente. Não podemos colocar no papel. Queimaria o informante deles e o meu contato no Uruguai.

– Tá certo.

– Além disso, a Receita Federal, também em off, não verificou nenhum sinal exterior de riqueza incompatível com os salários dos dois auditores.

– Esse pessoal ganha bem, né? Tenho um amigo que o pai dele é fiscal do ICM aposentado. Com certeza, ganham mais do que o senhor, Delegado.

– Então, se não aparecer nada nos próximos dias, não conseguiremos nem um mandadinho de busca e apreensão ou condução coercitiva que seja, contra esses auditores?

– Não, impossível. O Juiz foi taxativo. É melhor não queimar cartuchos.

– Temos que torcer para que algo apareça nas escutas nestes próximos trinta dias, algum tipo de contato entre os alvos.

– Isso.

– Se nada aparecer, nossa estratégia será fazer os pedidos de busca e apreensão e sequestros de bens dos alvos particulares, mas não dos servidores públicos. E depois tentar achar algo que os vincule nos locais de busca. Concorda?

– Sim, Doutor.

– Quem são os outros alvos?

– A esposa do empresário é o Alvo 2. Ela pode ser cúmplice, inclusive na lavagem de dinheiro, mas nada apareceu até agora. Ela foi glamour girl de Porto Alegre, lindíssima, muito charmosa, quarenta e cinco anos, tudo em cima. Pratica natação todos os dias pela manhã no clube e ganha quase todas as provas na categoria em que compete. Ah, além disso, é filha de um latifundiário.

– Essa daí, se tiver culpa no cartório, mesmo assim não vai ficar mal de vida.

– Verdade, ela é a única herdeira e os pais já estão bem velhos, arrendam quase toda a propriedade.

– Como tu descobriu tudo isso, Genésio?

– Alguns telefonemas, umas horas no Google, colunas sociais e, principalmente, Facebook e Instagram.

– Tu tá malandro, hein, Genésio...

– Doutor, as pessoas precisam aparecer. O ser humano necessita disso. Deste jeito, acabam passando informações para nós, para estelionatários, para todo tipo de gente.

– Tá bom, e os outros alvos?

– O Alvo 3 é o sócio-gerente da Target, Reginaldo Souza, 30 anos. Solteiro. Morador de Alvorada, já teve envolvimento com tráfico, possui dois irmãos no sistema prisional e dois que foram assassinados. Acho que resolveu sair do tráfico e virou o faz-tudo do Engel. É o responsável pelas contratações e demissões e por gerenciar os trabalhadores que não trabalham na empresa. Também é o motorista do Engel. Laranja clássico.

– ...

– O Alvo 4 é a amante do Engel, Carol Cincinatti, 30 anos. Também foi Miss, é formada em Direito, fluente em inglês e espanhol. É até parecida com a esposa dele, só que tem uns quinze anos a menos. Devem ter começado o relacionamento na época da concessão do benefício fiscal. Quase nunca falam pelo celular ou pelo Whatsapp...

– Sim. Continua.

– O agente que acompanhava a operação jogou os dados das localizações dos celulares dos alvos no aplicativo ERBIX e descobriu um bocado de coisa interessante.

– Por exemplo?

– O Alvo 1 passa a semana em São Paulo. Viaja no primeiro voo da segunda-feira. Trabalha no seu escritório perto da Avenida Paulista e mora num flat no Itaim Bibi; vai na mesma academia todos os dias e, de vez em quando, dá algumas corridas no Parque Ibirapuera. Almoça nos Jardins e fica no flat à noite. Retorna para Porto Alegre, sempre na quinta-feira, no mesmo voo, chegando aqui às seis da tarde. Mas, detalhe, só aparece em casa às seis da tarde de sexta-feira.

– Chega na quinta e vai direto pra casa da amante, acertei?

– Doutor, o senhor é rápido. O Alvo 1 fez isso todas as semanas nos últimos 5 anos, com exceção das férias de julho, quando passa 10 dias viajando com a mulher e as filhas. Aí, voltando, na sexta, ele vai pra casa e passa todo o findi com a família: caminhadas no Parcão, cinema, jantares e almoços. Sexta, sempre no Prinz; sábados, na Santo Antônio ou Komka. Nos domingos, almoço no sagrado Barranco.

– Por que tu fala findi, Genésio?

– É fim de semana, Doutor.

– Não gosto dessa palavra, tu parece aquelas pessoas que falam níver.

– Desculpe. Prosseguindo. Já, a amante, o nosso Alvo 3, vai na academia todos os dias, joga Beach Tênis na praça da Encol, faz compras no Iguatemi, no shopping Moinhos de Vento e nas ruas ao redor. Frequenta todas as quintas pela manhã o Hugo Beauty da Avenida Bagé. Também sai algumas noites, principalmente no sábado, sempre no circuito da Padre Chagas-Nilo Peçanha, onde deve pegar algum parceiro mais jovem ou ir atrás de um segundo financiador das suas luxosas necessidades, mas não coloca nada no Instragram ou Facebook.

– Ótimo, Genésio. Tu fez tudo isso só nesta semana? Trabalhou mesmo, hein?

– Sim, Doutor Jacinto. Estou entusiasmado com essa operação.

– Algo mais?

– As quebras de sigilo bancário e fiscal dos alvos não mostraram pagamento de propina, mas confirmaram que a empresa Target nunca comprou ou alugou maquinário para a produção de peças automotivas; da conta da empresa saíram algumas transferências de 100 mil reais, e TEDs mensais de 50 mil reais para a Carol, amante do Alvo 1.

– A ex-Miss...

– O loft em que ela mora no Moinhos foi pago pela empresa, mas está no seu nome, assim como uma XC 90 blindada em que ela anda por aí. Pelo acesso às notas fiscais de compras do Alvo 4, vi que o apartamento é equipadíssimo, só com móveis, utensílios e eletrodomésticos de luxo. A Cássia Kroef, aquela arquiteta dos endinheirados de Porto Alegre, foi a responsável pela decoração. Tinha uma SPA Jacuzzi no meio da sala e um lustre Baccarat bem em cima. Nesses cinco anos, a Carol passou a frequentar a melhor academia da cidade com um personal trainer, fez pole dance, pompoarismo, yoga, e diversos cursos de culinária: na Scavone, de tailandês, de sushi, de comida indiana, de parrilla com Los Quatro Maestros, e de comida italiana com o Chef Colman. Ainda fez curso de moda e estilismo, de sommelier, de como se vestir e comprou muita coisa de luxo: bolsas Birkin, jóias da Tiffany's, vestidos Dolce Gabbana, lingeries La Perla e sapatos Laboutin. Abastece sua casa nas bancas 43 e do Holandês do bairro Bela Vista, sempre comprando do bom e do melhor, inclusive champagne Cristal e vinhos estrangeiros.

– Esse alvo é um grande filho da puta, hein, Genésio? Passa bem com o nosso dinheiro. Mas, qual o interesse disso pra investigação, que mal eu pergunte?

– Nada, só curiosidade. Fiquei imaginando que o Alvo 1 desfruta todas as quintas-feiras de 24 horas de intenso prazer e entretenimento, uma verdadeira Festa de Babette. E o imóvel no nome dela? Pode configurar lavagem de dinheiro, né, Delegado?

– Claro! Lógico que pode. Vamos fazer assim. Me minuta um pedido de prisão preventiva do Alvo 1 e de prisão temporária dos demais alvos até o 4, e acrescenta busca e apreensão em todos os imóveis que usam ou de suas titularidades, inclusive os galpões industriais; e, também pede o sequestro dos imóveis e veículos. Qualquer coisa que aparecer nas escutas sobre propina, tu me avisa pra daí a gente incluir os auditores.

– Certo, daí já ficamos com o pedido deferido. Organizo os grupos para as prisões e buscas no padrão? Um Delegado, um escrivão, um agente e um perito em informática?

– Sim. E já vai pedindo as diárias. Vamos trabalhar com a data da operação para um dia após a última parcela do crédito cair na conta da Target. Quando o Estado deve depositar os 25 milhões, Genésio?

– Está previsto o dia 11 de dezembro.

– Então, no 11 de dezembro será deflagrada a Operação Benefit... Que pode mudar o rumo das concessões de benefícios fiscais no Estado do Rio Grande do Sul... Seria uma bela manchete, hein, Genésio?

– Seria. Mas, por que não deflagrar antes da liberação do valor? E se a empresa fizer no mesmo dia uma remessa ilegal para o exterior ou transformar o dinheiro em Bitcoins ou outro ativo que dificulte o rastreamento?

– Genésio, em primeiro lugar: nós precisamos do dinheiro na conta da empresa pra configurar bem o crime; segundo: se não conseguirmos recuperar alguma parte, não tem problema, de qualquer jeito o nosso Estado já deve bilhões, não vão sentir falta; terceiro: pelo jeito que age esse empresário, ele está bem tranquilo, tem a certeza da impunidade e não está nem aí pro resto; quarto: essa parte da estratégia da operação deixa pra mim que sou canhoto... e Delegado.

– Tá bom, Doutor Jacinto. Essa data, 11 de dezembro, é bem interessante.

– Por que, Genésio?

– Dia que o Grêmio ganhou o Mundial de Clubes.

– Deixa de besteira, Genésio. Campeão Mundial Fifa só tem um aqui no Rio Grande do Sul. Voltemos ao trabalho. Na sexta que vem, nessa mesma hora, fechamos o pedido pra enviar pra Justiça.

– Marcado, Doutor. Só mais uma coisa. Posso dar uma campanada, tipo... ir almoçar no Barranco domingo pra ver o Alvo 1 e a família dele?

– Tudo bem, mas não vai me fazer merda, Genésio. Tu não tá acostumado com isso. A Miriam é que é mestra nessas coisas. Te disfarça e não fica muito perto, não quero que ele te reconheça depois aqui nas oitivas, fica um clima ruim.

– Obrigado, Delegado Jacinto.

O genro

— Mãe, já avisou o pai sobre domingo?
— Ainda não, minha filha, não tive tempo. Vou falar.
— Poxa, mãe! Hoje já é sexta. Faz três semanas que marcamos esse almoço. Estamos namorando há seis meses, já dormi na casa dos pais do Julinho, já viajei com eles pra Gramado. Parece que eu não tenho pai...
— É que ele não sabe ainda, cem por cento, que tu estás namorando.
— Como assim? Eu tenho vinte e dois anos, já estou até na faculdade. Ele é um machista, isso sim, o meu irmão aparece cada dia com uma bisca diferente e o pai não fala nada, muito pelo contrário: acha legal, dá dinheiro, empresta o carro e só manda usar camisinha.
— Achamos melhor ir com calma, lembra? Tu conhece bem o teu pai, aí tu me arruma logo um namorado da

juventude do PCB, cabeludo, com sete tatuagens, piercings no nariz, no ouvido e sabe-se lá mais onde... e gremista, ainda por cima!. Sou bem liberal, tu sabe, mas assim tu mata o Jacinto do coração... Deixa que vou falar com ele hoje, fica calma, vai dar tudo certo.

Mais tarde, à noite.

– Amor, tava gostoso?

– Muito, linda. Por quê? O que tu quer?

– Nada, tenho que falar contigo.

– O que foi? O que eu não fiz, ou fiz?

– Nada, querido, é que domingo teremos um almoço especial aqui.

– Tua mãe vem da serra?

– Não. É...

– Alguma amiga tua separada? Faço um churras loco de bueno.

– Não. O namorado da Luísa vem almoçar aqui. Ela quer muito que tu conheça ele.

– Namorado? Já desconfiava de algo do gênero, mas ela ainda é uma menina.

– Jacinto, a Luísa está na faculdade, tem vinte e dois anos, trabalha, é super decidida e responsável.

– Quer dizer que ela não é mais virgem?

– ...

– Ela não sabe o que é a vida, a minha guriazinha... ela é tão doce e ingênua, e tá cheio de vagabundo, tarado e comunista por aí... Teresa, acho que tô com taquicardia.

Teresa levanta e vai na cozinha sem dizer nada.

– Respira bem fundo, Jacinto. Pega esta água com açúcar aqui, vai te fazer bem, toma.

O genro

– Tá bom, então me diz quem é esse guri, Teresa! Filho de quem? Estuda? Trabalha? Mora onde? Idade? E pra que time torce?

– Fica bem tranquilo, amore, no domingo tu vai saber tudo.

A família Sanchotene Silva mora há vinte e cinco anos na Rua Jaraguá, bairro Bela Vista, em Porto Alegre. Compraram o terreno com dinheiro herdado do pai de Jacinto, depois que ele e os irmãos venderam as terras da família na Bossoroca. Será que quarenta hectares podem ser chamados de terras? Na década de 1970, aquela parte da capital porto-alegrense era só mato, mas foi crescendo, se espraiando e a área passou a ser uma das regiões mais valorizadas da cidade, junto com o germânico e badalado Moinhos de Vento.

As pessoas que moram lá, na sua maioria, formam a chamada classe A: ricos, novos ricos ou a classe média alta. Todos em volta da Encol, muitos com boas casas e carros financiados, mas exercitam sua empáfia nas caminhadas na praça. A família do Delegado é classe média. A maior parte do país paga menos imposto do que ele e a esposa, que são funcionários públicos, porque no Brasil os dividendos e a divisão de lucros não são taxados, igual a algo que acontece apenas na Estônia, no planeta. Mas Jacinto e Teresa têm seus empregos estáveis e ganham muitíssimo bem para os padrões brasileiros. Não têm dívidas, nem grandes sonhos de consumo.

Assim que se casou com Teresa, Jacinto conseguiu um financiamento com facilidade na Caixa Econômica

Federal, graças ao salário fixo, à estabilidade no cargo público e à sua amizade com o gerente. Por ser Agente da Polícia Federal, era sempre tratado com atenção por ele, que lhe perguntava como era o seu trabalho. Jacinto falava somente o que podia contar, e nunca foi alvo de qualquer pedido do gerente, sequer uma preferência para fazer passaporte ou tirar porte de arma. Ainda bem.

Os vizinhos construíram as suas casas um ou dois anos depois deles. Se dão relativamente bem. O vizinho à direita é comerciante, sempre fazendo uma falcatruazinha aqui e ali: abre uma distribuidora de equipamentos, fecha, abre uma representação de alguma coisa, fecha, abre um bar... Nunca deu bola para Jacinto; só depois que ele passou no concurso para Delegado Federal é que virou um puxa-saco, querendo papo. Pelo menos é colorado. É casado e tem três filhas.

Já o vizinho da esquerda é muito gente fina, um advogado que acabou entrando no Tribunal de Justiça Militar pelo quinto constitucional da OAB. Também é casado, tem dois filhos, mas Jacinto acha que o casamento dele não durará muito. Seu único defeito é lavar três vezes por semana a calçada com um lava-jato, mesmo em época de estiagem. Em um dia destes, Jacinto saiu de casa, sob os protestos de Teresa, e perguntou se ele não sabia da seca que assolava o Estado. O vizinho perguntou se ele era fiscal do DMAE e por que não ia cuidar da sua vida. O Delegado ficou brabo com a resposta classe-mediana dele, mas viu Teresa na janela e foi pra casa sem dizer um ai. É um gremista fanático; Jacinto já xingou e devolveu xingamentos extramuros em Grenais e em jogos de secação.

O genro

Resumindo, a vizinhança é boa e tranquila.

A casa tem garagem para dois carros, dependência de empregada, pátio com uma piscina pequena, pouco usada, e um quiosque com churrasqueira, que recentemente recebeu o acréscimo de uma parrilla. É lá que Jacinto passa seus momentos mais felizes. Entrando à esquerda, há uma sala de estar e, à direita, um pequeno escritório; seguindo adiante, há um tradicional jardim de inverno de formato quadrado, com teto aberto para o céu porto-alegrense. Na sequência, uma sala de jantar e uma sala de tevê com lareira. Subindo as escadas, três quartos: a suíte do casal, com closet e uma hidromassagem daquelas bem antigas, seguida pela suíte do Jacintinho, o gêmeo que nasceu dez segundos depois da filha mulher, mas, por ser varão, ganhou do pai a benesse de ocupar aquele espaço desde a pré-adolescência. Luísa ficou com o quarto sem banheiro.

A casa possui também um sótão, onde vegeta uma bicicleta ergométrica que virou cabideiro de luxo, uma pequena academia desativada e mais um quarto, usado para eventuais hóspedes ou quando Jacinto é despejado do próprio leito pela Teresa. Também tem serventia para algumas brincadeiras do casal, mas só de vez em quando, porque os filhos são muito caseiros.

A família tem dois cachorros: um Golden Retriever, filho de campeões, comprado por Jacinto, o Golbery; e um guaipeca de tamanho médio, adotado pela Teresa um mês depois, no Brique da Redenção, o Che.

Luísa quer apresentar o primeiro namorado firme para Jacinto. Céu claro, temperatura e brisa amenas: outro domingo perfeito num dos bairros mais nobres de Porto

Alegre. A campainha toca o hino do Internacional anunciando a chegada do convidado. Teresa vislumbra pelo olho mágico um ser diferente: cabelo longo de um lado, desbastado do outro, dois piercings nas orelhas e tatuagens variadas.

Respira fundo, abre a porta, emposta a voz, e grita:

– JACINTOOO, VEM CONHECER O TEU GENROO!

– Bom dia, dona Teresa.

– Bom dia, Julinho. Seja bem-vindo ao nosso lar. Aguardávamos ansiosamente este dia. A Luísa fala muito de ti pra mim... pra nós.

– Que bom, queria muito conhecê-los também.

Enquanto Teresa conduz o genro pelo hall, abraça-o suavemente, e sussura ao seu ouvido:

– Julinho, nas próximas vezes que vier aqui, por favor, não toca aquela campainha horrorosa que o Jacinto instalou. Usa a aldrava gigante, que foi ideia dele também.

– Concordo, Dona Teresa. É de péssimo gosto a campainha.

Ambos riem.

– Do que vocês estão rindo? Olá, rapaz, como é o teu nome mesmo?

– Júlio, mas me chamam de Julinho.

– Prazer, Jacinto.

Após analisar detidamente a aparência sui generis do namorado da filha enquanto pensa nas gozações futuras dos seus amigos, de forma dissimulada bate três vezes na madeira do corrimão da escada.

O genro

– Vem aqui pra trás comigo, no pátio, tô na churrasqueira preparando uma paleta de borrego, assado de tira, salsicha parrillera e queijo provolone.

– Sou vegano.

– O quê? Vegetariano?

– Não, vegano.

Luísa irrompe no pátio exalando um refrescante e agradável odor de xampu de criança... Pendura-se no pescoço de Julinho.

– Oi, amor. Desculpe, tava no banho. Pai, não se preocupa, a mãe tá fazendo salada verde e uma maionese sem ovo pra nós. Vou lá ajudar.

– Vai tranquila, amor. Vou ficar aqui com teu pai.

– Qual é o teu sobrenome?

– Fedorov.

– Como?

– Fe-do-rov.

Disfarçadamente, Jacinto chega um pouco mais perto do recém-conhecido para verificar se o sobrenome também tem algum significado sensorial.

– Júlio Fedorov... Esse é o sobrenome do teu pai, qual é o da tua mãe?

– Não tenho pai, o sobrenome é da minha mãe e da minha vó.

Jacinto pensa: só falta ele ser russo.

– É sobrenome polonês?

– Não, russo. Minha avó era russa. Veio pra cá ainda bebê, com meus bisavós, logo depois da guerra, em 1947. Com vinte e um anos, ela teve a minha mãe.

– Rapaz, me desculpa a indiscrição, mas como que tu não tem pai?

– Bem, o senhor sabe como foi em 1968, né? Amor livre, semanas de festas, drogas... minha avó participou de tudo isso de forma muito, digamos que, ativa.

– Imagino... quer dizer, não sei. Eu tinha só quatro anos em 1968.

– Ela engravidou numa dessas aventuras e criou a minha mãe sozinha. E a mãe, após uma grande desilusão amorosa, decidiu ter a mesma experiência da minha avó, só que vinte e cinco anos depois. E daí eu nasci.

Puta que pariu, minha filhinha tá namorando um filhote de suruba, comunista, cabeludo e todo tatuado, pensa Jacinto com desespero, mas diz:

– Interessante. Qual a sua idade?

– Tenho vinte e oito anos.

– Tu não te acha meio velho pra minha filha, não?

– Ela é muito madura, seu Jacinto, em tudo mesmo.

– Sim... tu trabalha?

– Sou bolsista da Capes.

Ah, não, mais um mama-tetas do Governo, ganhando pra estudar qualquer bobagem, julga o Delegado.

– E o que tu estuda?

– Me formei ano passado, faço mestrado em ciências políticas na Federal. Minha dissertação é sobre os golpes de Estado no Brasil, desde a Proclamação da República até 2016, mas abordando pelo viés do contexto econômico, social, político e as influências da mídia, das elites e das Forças Armadas.

O genro

– Que bom... Olha só, quer uma cerveja? Tenho umas rainikens aqui, que tão... Olha, tão igual a canela de pedreiro. Ou vai num uisquinho comigo?

– A cerveja tá linda, seu Jacinto, mas... eu não bebo.

– TERESAAA! Traz um copo de leite com Nescau aqui pro meu futuro genro!

– ...

– Tô brincando, Julinho.

Nem vou perguntar pra que time torce esse desajustado, divaga Jacinto.

– Vem cá. Vou te mostrar minhas armas, desce aqui no porão. Tenho uma Glock de polímero, já ouviu falar? Aqui uma Ponto 40, essa é a nove milímetros, e essa maior é calibre 45, igual a do Charles Bronson. Lembra dos filmes dele? Eu vi todos, e várias vezes.

– Desculpe, não sei quem é, Doutor Jacinto.

Mas que ignorante...

– Meninos, venham almoçar! Os legumes estão prontos, traz a carne, Jacinto.

O almoço transcorre com normalidade. Jacinto passa boa parte do tempo quieto, a não ser quando fala do sabor e maciez da carne uruguaia, de animais abatidos precocemente, da vitela especial que comprara no Mercado Público e de como não entende alguém não apreciar estas iguarias.

Após quase nenhuma conversa, termina o almoço.

Depois do café, Julinho diz que precisa ir embora, vai estudar para o mestrado. Ao se despedir, Jacinto recomenda que ele leia *A verdade sufocada*, do Coronel Ustra, e caminha até a sala de estar. Serve para si um longo copo de uísque Red Label, com gelo até a boca, atira-se no sofá e fica a pensar, sorumbático e meditabundo.

Após quinze minutos, levanta-se de um pulo e grita:

– FILHOTA, VEM CÁ! Ainda quer fazer aquele intercâmbio de um ano na Austrália? Agora é a hora. Esqueci de contar pra vocês, recebi uma bolada em atrasados do Departamento...

Alvo 08

Planejamento da Operação

Jacinto coloca a cabeça para fora da sala:
– Genésio, vem cá, vamos fechar logo os pedidos de prisão e busca e apreensão da Benefit.
– Já vou aí, Delegado, cinco minutos.
Após bater as três vezes combinadas na porta, Genésio entra.
– Bom dia, Doutor Jacinto.
– Senta aí, vamos revisar a minuta. Apareceu algo novo nas escutas das últimas duas semanas?
– Não, Doutor, nada. Nenhum contato do empresário com os servidores públicos e vice-versa. Somente assuntos familiares e de trabalho.
– E as tuas campanas, como foram?
– No domingo passado, sentei ao lado da família do Engel no Barranco. Cheguei ao meio-dia e esperei eles enquanto tomava uma caipirinha na entrada lateral.

– E...

– Chegaram meio-dia e meia. O alvo deixou o Aston Martin prata, zero quilômetro, pro Paulinho guardar no estacionamento. Foram ele, a esposa, e as duas filhas, direto para uma mesa que já estava reservada do lado de fora. Um ótimo lugar, na sombra dos jacarandás e jerivás. Eu falei com o gerente, me identifiquei e me coloquei na perpendicular. Fiquei numa mesa virado bem de frente para os quatro.

– Sozinho?

– Não, pra disfarçar eu levei a minha irmã comigo, falei que o almoço era uma missão, mas era 0800, totalmente free pra ela.

– E pegou nota? O Departamento vai pagar esse teu almoço cheio de caipirinha e carne?

– Era trabalho, Doutor. Nem exageramos, só comemos aquela salada do carrinho, uma picanha e um vazio. Tomamos duas caipirinhas e quatro chopes, cada um. Minha irmã é alta, come e bebe bem.

– Tá bom, Genésio. Tava brincando. Isso aí sai na urina. Afinal, vamos recuperar milhões com a Operação ou, ao menos, fechar a torneira pra esses benefícios fiscais. E o que tu viu?

– Nada demais. A esposa dele é sensacional mesmo, muito bonita e charmosa. Elegante, bem-vestida, mas sem excessos. Quando chegou, todos os homens que estavam na área externa pararam o que estavam fazendo ou falando e secaram ela. Até os garçons. As mulheres também. Todos. E o marido entrou bem abraçadinho. Depois sentaram na mesa e cada um foi pro seu celular, assim como as duas filhas.

Planejamento da Operação

– Que mais...

– Comeram apenas uma picanha. Ela tomou três gins tônica. Ele tomou uns dez chopes, mas é um cara magro, está muito bem pra sessenta anos. As gurias ficaram o tempo todo no celular e só comeram polenta frita e salada.

– Devem ser veganas. Esses vegetarianos filhos da puta ainda vão dominar o mundo... Nada mais?

– Nada, Doutor. Vi que o alvo conhece muita gente porque vários foram na mesa cumprimentá-lo.

– Pelo perfil, deve ser um desses playba porto-alegrense.

– Ou os caras iam na mesa só pra ver a mulher dele de perto.

– Boa, Genésio. Até que enfim tu tá ficando malandro, depois de todos esses anos na Polícia... Viu ou seguiu mais alguém? A amante, o sócio, os servidores?

– Ninguém mais, Doutor.

– Tá, então, voltando às prisões. Os auditores estão fora de qualquer pedido. Vamos manter as interceptações dos Alvos 1 a 4 por mais uns dez dias depois da prisão e das buscas. Talvez os alvos falem entre eles, contatem alguém para comentar sobre a Operação, ou até os servidores liguem pra um deles.

– Certo, Doutor. Deixa eu resumir. Então, nós vamos pedir a prisão preventiva do empresário, Alvo 1; prisão temporária pro sócio faz-tudo dele, ex-traficante, Alvo 3; e mandado de condução coercitiva pra esposa e pra amante, Alvos 2 e 4. Talvez elas falem alguma coisa.

– Isso, Genésio. Tu tá indo muito bem. Nem estou sentindo falta da Miriam. Mas quando que ela volta da licença-gestante, mesmo?

– Mais um mês, eu acho, isto se não emendar com as férias.

– Porra, tem mulher que depois que vira mãe não consegue mais trabalhar, só pensa no rebento. Larga tudo.

– Falei com a Miriam esses dias. Me disse que está com muitas saudades do trabalho, que é mais fácil que criar filho.

– Com certeza, Genésio. A Miriam é ponta-firme, voltará logo e com todo o leite pro trabalho, nos dois sentidos... Sobre as buscas e apreensões, tudo confirmado? Endereços e verificações in loco?

– Sim, Doutor. Faremos buscas nas residências do Alvo 1 em Porto Alegre, e também nos condomínios em Xangri-lá, Eldorado e Gramado. No flat em São Paulo, no loft da amante aqui, Alvo 4, e na casa do sócio, Alvo 3. E, lógico, também iremos no escritório em São Paulo e nos galpões em Cachoeirinha e Alvorada. Tudo conferido.

– E não se esqueça: bloqueio e sequestro de todas as contas correntes, bens imóveis e valores.

– Até o apartamento deles de Porto Alegre? É compra antiga.

– Tudo. Depois a gente analisa isso. Quando entramos com esse tipo de operação, tem que ser pra quebrar. Até pro Estado conseguir algum ressarcimento depois.

– Certo.

– E carros, lanchas?

– O Engel tem um Aston Martin de 800 mil reais, a esposa uma Cherokee 2018, blindada, e a amante uma XC 90, também blindada. O Alvo 1 tem uma lancha atracada na casa em Eldorado, com saída direto para o Guaíba.

– Boa. Estamos precisando de uma lancha potente pra fiscalizar a extração de areia no Delta do Jacuí. E eu vou dar umas voltas com esse Aston Martin antes de ser leiloado pelo Juiz.

– Doutor... E se o senhor bate o carro?

– Deixa de ser cagão, Genésio. A Cherokee vai cair bem pro nosso grupo de pronta intervenção. A XC 90 blindada vamos oferecer pros nossos parceiros da Delegacia de Combate ao Tráfico.

– Fechado, então, Doutor. O senhor assina o pedido e eu já envio pra Justiça, aviso o Ministério Público e peço a análise rápida deles e do Juiz.

– Boa. Quem é o Procurador titular do caso?

– É aquele Doutor Cisneros.

– Bom! Meio maluco, mas sangue-bom.

– Por que, Delegado? O que ele fez?

– Genésio, já te disse isso outras vezes. Esses Procuradores da República, um terço é cagalhão, um terço é maluco, e um terço é CB, sangue-bom! Mas muitos combinam a primeira ou a terceira características com a segunda.

– O senhor é engraçado, Doutor Jacinto. Por isso gosto de trabalhar aqui.

– Muito bem, vamos adiante! Tudo confirmado. Dia 11 de dezembro começamos a Operação. Avisa as equipes. Farei o briefing às 4 horas da manhã na sala de reuniões do nono andar. O sol nasce lá pelas 6, então saímos daqui às 5 e meia. Pras equipes nos outros municípios e em São Paulo, passarei os detalhes por WhatsApp.

– Certo.

– Vamos nos encontrar às 3 horas da manhã no Seu Rabelo pra tomar aquele café caprichado?

– Sim, quer que eu avise ele por telefone?

– Não, muita antecedência. Semana que vem vamos lá tomar uma cerveja e eu falo ao vivo. Genésio, tu vai comigo na casa do Engel?

– Posso ir na casa da amante, Doutor?

– Por que não quer ir no principal?

– Acho que vai ter alguma coisa lá. Ninguém sabe, em tese, desse endereço dele.

– Tá bom, sigamos o teu feeling de Sherlock.

– Feito, Delegado Jacinto. Qualquer mudança ou problema eu aviso.

Alvo 09

Teresa

Jacinto nunca imaginou que ir a uma festa no bar da História da UFRGS pudesse alterar toda a sua vida, mas foi o que aconteceu.

Chegou tarde, o show da banda do seu amigo Renato já começara. Ele não conhecia ninguém. O bar da Faculdade estava lotado. Não tinha muita mulher, pelo menos a cerveja era barata, de garrafa e estupidamente gelada. Jacinto sempre fora meio tímido no contato com o outro sexo, então, precisava tomar umas três cevas pra começar a se soltar. Já estava na quarta Brahma quando viu Teresa. Ela tinha acabado de colocar as mãos atrás da cabeça para amarrar e fazer um coque com o cabelo, naquele movimento sensual que só as mulheres sabem fazer. Era alta, no mínimo um metro e setenta, cabelos negros e olhos azuis, pele clara, nariz fino e cílios salientes; e o corpo, então, era um deleite para os olhos. Jacinto se apaixonou na hora. Tomou fôlego, esperou a amiga dela ir ao banheiro e, nervoso, chegou.

– Boa noite, posso te pagar uma cerveja?

– Sou um tanto feminista, mas, como a grana está curta e tu não tem cara de tarado, vou abrir uma exceção.

– Que bom. Vem sempre aqui?

– Todos os dias, mas apenas nos últimos quatro anos, enquanto curso História. E tu?

– Não conhecia, cursei Direito no interior. Vim por causa do vocalista que me convidou pro show da banda dele: Os revisionistas.

– Ah, o Renato... sou colega de aula dele, mas não nos falamos, ele é muito de direita.

– Lógico, tinha que ser, uma banda com esse nome.

– Ué, um revisionista não precisa ser de direita, pode ser de esquerda também.

– Já ouvi falar de uns que negam o holocausto. Dizem que não havia gás suficiente na Europa para matar a quantidade de judeus que teria sido executada.

– Bom, esses aí devem ser mesmo muito direitosos, fascistas até, para negarem um dos maiores genocídios da humanidade. E tu?

– Eu o quê?

– É de direita ou esquerda?

– Sou de centro. E tu?

– Meus pais foram perseguidos pela ditadura em 1964. O que tu acha? Venho da classe média. Estudei em colégios públicos, primeiro no Julinho e depois no Aplicação, da UFRGS. Sou socialista e defensora do Welfare State.

– Legal.

– Bebo e fumo de vez em quando, sou liberal nos costumes e conservadora na economia. Defendo um Estado forte, controlador do mercado que só busca o lucro. Geralmente não uso drogas, mas já experimentei de tudo um pouco. Acredito em Deus. E tu?

– Sou filho de um militar jornalista e de uma professora de Sociologia, bebo socialmente, sou ateu e supersticioso.

– Essa última parte tu vai ter que me explicar melhor outro dia. Tem irmãos?

– Sou o caçula de sete, fui criado pelo irmão mais velho e minhas três irmãs, já que o pai estava sempre fora e a mãe tinha uma saúde frágil. Minha família era de classe média baixa, mas nunca passei fome e nunca faltou estudo. Estudei em colégios públicos desde o maternal até o segundo grau.

– Ainda bem.

– Fui o primeiro da minha turma na Faculdade de Direito de Santo Ângelo. Defendo a meritocracia pura. Conservador nos costumes e liberal na economia. Nunca usei drogas. Sou Agente da Polícia Federal e pretendo ser Delegado.

– Tem umas algemas, então?

– Tenho, claro. Por quê?

– Gostei de ti, tirando a parte conservadora do teu resumo. Vamos lá pra minha casa tomar umas cevas e conversar mais um pouco. Eu moro sozinha. Como é o teu nome mesmo?

– Jacinto Silva. E o teu?

– Teresa Sanchotene, mas vamos indo logo que essa banda é muito ruim.

Foi a última mulher com quem Jacinto ficou. E agora, vinte e cinco anos depois, eles têm dois filhos.

O Bar do Seu Rabelo

– Genésio, tudo bem?
– Tudo, Doutor.
– E os pedidos para a Operação Benefit? Já foram deferidos?
– Cem por cento, Delegado, e com manifestação favorável do Ministério Público. O Juiz deferiu todos os pedidos, até a renovação das escutas por mais quinze dias após a deflagração, dia 11 de dezembro, sexta que vem. Equipes formadas, tudo certo.
– Vamos hoje comemorar no Seu Rabelo depois do trabalho. Eu pago as tapas e tu, as copas. Fechado?
– O senhor ganha mais do que eu, Doutor, paga tudo.
– Deixa de ser chorão, Genésio, tu não tem filhos. Vamos lá.

O local é um legítimo frege-moscas, um pé-sujo de concurso. Paredes revestidas de azulejos azuis-claros até o teto, mesas pequenas com quatro cadeiras de madeira. O ambiente é dominado por aquele cheiro de mix de frituras flutuando da cozinha. No balcão, jaz um grande vidro com conserva de ovos coloridos: verdes, roxos, azuis, rosês. As cachaças são acondicionadas em garrafas com bichos de todos os tipos: aranhas, pequenas cobras, um morcego e até lagartinhos. O bar fica em uma travessa do bairro Azenha, a duas quadras do prédio da Polícia Federal.

Há sempre café preto, pão na chapa, misto quente, picadão de azeitona e queijo, e todos os tipos de frituras: polenta, batata frita com bacon e pastéis. Não existe comida light ali, nada de salada ou sanduíche natural. A cerveja é servida bem gelada, ao estilo canela de pedreiro, e os copos são do tipo americano, o mais tradicional nos bares. Não há cardápio.

Seu Rabelo não vende cerveja artesanal, nem estrangeira, só Original, Serramalte, Skol e Polar. Nunca desliga a fritadeira, o equipamento mais usado, e as paredes são engorduradas, fruto da inexistência de exaustores. E nada de placa de *visite nossa cozinha*, apenas de *fiado só amanhã*.

Não se sabe como o estabelecimento não foi fechado pela vigilância sanitária, mas existe a forte suspeita de que o fiscal da área tenha caído na conversa do Seu Rabelo, o excêntrico dono do bar preferido do Delegado Jacinto. Apesar do desasseio do local, não há ratos porque o boteco é vigiado por dois gatos, o Wolverine, adotado da rua pelo Seu Rabelo para não gastar mais com dedetização, e a Magali, contrabandeada do Uruguai por Paco.

Apenas duas pessoas trabalham lá: Seu Rabelo, uruguaio da capital, Montevidéu, sessenta anos um pouco maltratados, e o cozinheiro Paco, quarenta e oito anos, conterrâneo de Artigas, que veio viver em Porto Alegre, indignado, após a vitória de Pepe Mujica nas eleições presidenciais de 2010. Seu Rabelo conta piadas machistas, homofóbicas e racistas, é anticomunista e defende a Família, a Tradição e a Propriedade. Apesar disso, divide seus lençóis com Paco, há dez anos.

O maior prazer de Seu Rabelo é atender aos agentes da Polícia Federal e o seu cliente predileto, o Delegado Jacinto Silva, sobretudo nas noites pré-operações, quando mantém abertas as portas do bar apenas para os policiais. Serve café reforçado, uma cervejinha ou mesmo um trago mais forte para aliviar a tensão de alguns, antes deles visitarem, às seis da matina, os alvos das investigações.

– Boa tarde, Seu Rabelo, vim comê-lo.

– Como, Delegado Jacinto?

– Nada, vim comer o de sempre.

O de sempre é um pastel de quibebe com charque inventado pelo próprio cliente.

– PACOOO! Salta um pastel Jacinto para o melhor Delegado da Polícia Federal do Brasil... E o escrivão Genésio, o que vai querer hoje?

– Pra mim aquelas batatas fritas com bacon e uma Original estupidamente...

– Una panceta? E pode ser com queijo derretido em cima?

– Sim, por favor.

– PACOOOO, unas fritas com panceta y queso... Alguna operação essa semana, Doutor Jacinto? O senhor sabe, tenho que me organizar.

– Seu Rabelo, o senhor sabe que as operações só têm sucesso quando o absoluto sigilo é observado, mas, se quiser ficar aberto na noite da próxima quinta para sexta... algo me diz que vai ter movimento.

– Obrigado, Doutor. E avisa todo o pessoal que, se prenderem alguém do PT, a primeira cerveja é por conta da casa para todos os agentes. Esses comunistas acabaram com o país!

Após dizer isso, vira-se e vai veloz na direção da cozinha.

– Mas é puxa-saco esse Rabelo, hein, Genésio?

– Ele só é educado, como todos os uruguaios, e acha o senhor famoso porque aparece no jornal e na tevê... Cuidado, ele está voltando.

– Está aqui una Original trincando.

– Obrigado, Seu Rabelo. E seus gatos? Onde estão o Wolverine e a Magali?

– Estão na cozinha com Paco, chuleando que algo caia no chão.

– Espertos...

Seu Rabelo sorri e volta para trás do balcão.

– Delegado, se a vigilância sanitária bate aqui, imagina só, ter dois gatos no bar.

– Genésio, esses gatos dele são a própria vigilância sanitária! Pensa neles como agentes de controle de pragas. Matam baratas, ratos, aranhas, escorpiões. Pode ter certeza que essa cozinha é a mais limpa da região.

– Tá bom, espero que ninguém denuncie eles.

– E essa pandemia, Genésio, não vai acabar nunca?

– Acho que só quando sair a vacina. Mas tudo tem um lado bom, a emissão de gases do efeito estufa diminuiu 50%. Assim, estancamos o aquecimento global.

– E tu acredita nessa baboseira? Não passa de uma tese criada pelos países desenvolvidos, que já usaram todos os seus recursos naturais e agora querem dar pitaco por aqui. Os safados querem preservar o que não é deles e barrar o nosso desenvolvimento.

– Delegado, tem muitos estudos... Tá comprovado que a média da temperatura sobe a cada ano. Tem cada vez mais incêndios, até na Sibéria.

– Isso é bom, lá faz muito frio mesmo.

– Os mares estão subindo e isso pode provocar inundações e o desaparecimento de várias ilhas e países. Imagina o nosso Guaíba, que tem ligação com o mar pela Lagoa dos Patos.

– Tranquilo, Genésio, pra evitar isso temos o nosso mui valoroso muro da Mauá.

– Doutor, a ONU calcula que cerca de um milhão de espécies, do total de oito milhões estimados na Terra, estão em risco de extinção. Os ursos polares podem desaparecer até 2100.

– Genésio, tu viu ultimamente algum mamute andando por aí?

– Lógico que não, Doutor!

– E um Tiranosaurus Rex ou um Pterodáctilo, quem sabe?

– Também não.

– Então não enche, Genésio. As espécies vêm e vão, desaparecem e surgem outras. A temperatura também oscila, temos ciclos. Tu é muito ingênuo.

– Delegado, as geleiras e calotas polares estão derretendo.

– Genésio, eu tô mais preocupado se não vai faltar gelo pro meu uísque lá em casa.

– Tá bom, Delegado, vamos beber nossa cerveja que eu preciso ir embora.

El burdizzo

Teresa chega em um restaurante badalado da capital paulista.

— Que bom que tu tá aqui, Teresa. Que saudades! Há quanto tempo não nos víamos pessoalmente?

— Acho que há uns vinte anos, Fernanda. Desde que tu veio estudar Medicina em São Paulo.

— Bah, como o tempo passa rápido... Teus filhos tão com quantos anos?

— São gêmeos. O Jacinto Júnior e a Luísa estão com vinte e dois anos. E os teus?

— Cinco e três anos. A Débora é a mais velha e o Luciano, o mais novo. Comecei bem mais tarde que tu; me formei, aí fui pra residência, depois fiz mestrado e doutorado. Meu ex-marido, que também é médico, fez o mesmo, então engravidei tarde. Sorte que tinha congelado os óvulos muitos anos antes.

– Eu engravidei logo depois de me formar em História. O Jacinto, meu marido, é dez anos mais velho que eu, não podia esperar muito.

– Amiga, me lembro de tu sempre reclamar destes caras que colocam o mesmo nome no filho. Que coisa estranha, Júnior ou Fulano Filho. Que carga pro guri. Mulher não faz essas idiotices, né?

– Geralmente, não. Mas a maioria ainda coloca o sobrenome do marido, outra coisa muito provinciana.

– Ah, tu já sabe? Eu me separei do Almiro não faz um ano.

– Por que? O que houve? Pelo Face e Insta eu só via vocês em jantares, viagens, festas em família, tudo muito perfeito. Desculpa a sinceridade.

– Nada, amiga. Era assim mesmo. Só que aconteceu um pequeno imprevisto. Um amigo nosso, também médico, morreu num acidente de carro na marginal do Tietê. Ele e a mulher eram nossos melhores amigos. Tinham um casal de filhos da mesma idade que a Débora e o Luciano.

– ...

– A viúva ficou arrasada. Ela era médica, mas mais nova do que nós. Como ficou totalmente perdida, começamos a ajudar com as crianças, que se davam super bem com as nossas. Passávamos fins de semana juntos na nossa casa. Viajávamos nas férias. Ela trabalhava no mesmo hospital que o Almiro. Um dia, eu recebi uma mensagem no meu celular, vinda de um número bloqueado. Apenas trinta e seis letras, dez palavras e nove espaços, que terminaram com meu casamento:

Cuida bem do teu marido. O perigo mora ao lado.

El burdizzo

– Que estranho... E daí, o que tu fizeste?

– Esperei um dia em que as crianças foram dormir nos meus pais, preparei um jantar especial, espalhei velas pela casa, enchi a hidromassagem, criei todo um clima. Servi bastante vinho e fiz ele tomar, pela primeira vez, um Viagra. Aí, quando o negócio fez efeito e ele quis ir para o quarto, eu disse: *Espera, tenho uma surpresa pra ti. Já vai chegar.* Quando a profissional que eu tinha contratado entrou na sala, com seus vinte e poucos anos, cabelos pretos arruivados, toda tatuada, uma escultura em movimento, ele ficou mudo, em transe total.

– Tu é louca!

– Falei para ele: *Temos três horas, é bastante tempo, mas as regras são minhas. Te comporta.*

– ...

– Ao final, a mulher foi embora e o Almiro foi fumar um cigarro na nossa varanda. Fui atrás e sentei no colo dele. Dei um beijo no pescoço e perguntei, bem manhosa, se tinha sido bom, se queria repetir... se ele ainda tinha tesão por mim, se me amava e às crianças... Ele concordou. Aí eu disse que parecia que não, porque tinha colocado uma detetive atrás dele nos últimos dois meses. Falei que tinha ativado a localização on line do celular, sem ele notar, e sabia de todas as idas a motéis e os plantões que se estendiam inesperadamente... Mas era tudo mentira minha.

– Que maquiavélica...

– Todas somos quando necessário. O Almiro devia estar com remorso, tão pressionado, que a bebida e aquela experiência que nunca imaginaria ter, fizeram ele se abrir. Desabou. Não parava de chorar, disse que tinha estragado a nossa vida, que era um idiota; fez juras de amor e pediu perdão. Falou que a traição aconteceu por acaso e que a responsabilidade era toda dele, que a Patrícia não tinha culpa alguma. Fiz ele contar tudo, desde o primeiro até o último encontro, e daí falei: *Agora tu pega as tuas coisas e vai lá cuidar dos filhos dela. Não tem mais volta.*

– E como tu ficou?

– Fiquei ótima, estou muito bem. Guarda compartilhada. Exigi ficar com as crianças de domingo até quarta à noite. Assim, eu tenho todas as quintas, sextas e sábados livres. E, modéstia à parte, estou bombando no Tinder Premium.

– Já ouvi falar do Tinder, mas não do Premium. Pelo o que conheço de ti e de São Paulo, deve ser uma versão especial, com um corte de classes...

– Não serve pra ti, amiga, que és meio comunista. Eu não caso mais. Meus filhos estão muito bem comigo, com o pai delas e com os novos manos. O casamento deles é que, fiquei sabendo, não anda tão bem...

Fernanda soltou uma risada deliciosa e encarou fixamente a amiga.

– Me fala de ti agora, Teresa. Está casada há quantos anos, hein? Nunca teve problemas com o Jacinto?

– Nunca tive.

– Sério?!

– Ele é dez anos mais velho que eu, já te disse. Nos conhecemos no bar da História. O Jacinto já era agente federal e, logo depois, passou para Delegado.

– Que chique. Amo os Delegados da Lava Jato...

– Prefiro não falar da Lava Jato. Sempre nos demos

bem. O Jacinto jogava bola com os amigos duas vezes por semana e, de vez em quando, tinha um pôquer. Nunca desconfiei dele, mas, quando assumiu como Delegado em Porto Alegre, eu resolvi dar uma averiguada. Porque tu sabe, não é? Esse negócio de andar armado, com algemas, distintivo, aquelas roupas pretas nas operações... É uma fantasia pra muita mulher.

– E aí?

– Comecei a dar umas incertas lá na Delegacia.

– Encontrou algo?

– Nunca. Mas, uma vez, o Jacinto já tinha me contado que a estagiária nova dele era muita bonita e inteligente.

– E...

– Aí eu dei de cara com a guria quando ela estava saindo da sala do Jacinto. Ela cruzou por mim, tri simpática, me cumprimentou e eu virei para olhar ela andando. Surgiu direto na minha cabeça aquela cena do filme *Uma linda mulher*, lembra? Aquela atriz alta e magra, flutuando em câmera lenta, cabelos esvoaçantes, de saia curta e bota de cano alto. Me diz, como pode, numa segunda-feira, uma estagiária usar bota de cano alto e saia curta no serviço público?

– Tu achou que tinha algo?

– Nada. Ele sempre dizia que onde se ganha o pão, não se come a carne.

– Essa o Almiro nunca disse pra mim.

As duas riram.

– O Jacinto estava bem tranquilo, bem feliz com a minha visita. Se tivesse alguma coisa, eu saberia no jeito e na cara dele. Mas aquele encontro me lembrou de um presente que eu tinha recebido no dia do meu casamento.

– O quê?

– Quando me casei, meu pai chegou com uma caixa lacrada com fita colante transparente, e disse: *Esse presente é da sua falecida avó. Ela não teve filha mulher, então, me pediu, como primogênito, que guardasse e passasse para a neta mais velha, como regalo de matrimônio. Mas mandou abrir somente quando tiver alguma desconfiança ou problemas com o seu marido.*

– Estranho. O que tinha?

– Só fui abrir após aquela visita surpresa. Engraçado, né, mas, quando vi a estagiária flanando na Delegacia, na hora lembrei do presente da minha avó. Achei que seria melhor prevenir do que remediar. Por que esperar o problema aparecer?

– ...

– Abri o pacote. A caixa era bem antiga, pesada, de madeira. Após retirar uma quantidade enorme de fita colante, levantei a tampa.

– O que tinha? Dinheiro? Uma arma?

Fernanda riu, sendo seguida por Teresa, que continuou.

– Havia um envelope pardo e, embaixo, uma ferramenta que eu nunca tinha visto, de prata brilhante. No verso, tinha um escrito:

Querida neta, a quem, infelizmente, não tive o prazer de conhecer. Dentro deste envelope há uma carta entregue pela tua tataravó (Teodora) para tua bisavó (Olívia), que depois a repassou para mim, no dia do meu matrimônio. Ela explica a utilidade do aparelho e porque os casamentos na nossa família são tão duradouros. Com amor, Gertrudes.

PS: Queria muito ter te conhecido, mas Deus não quis.

El burdizzo

– Conta logo, mulher! Assim tu me mata! Que casamentos duradouros são esses? Isso só acontecia no século passado, mesmo. O que dizia na carta?

– Olha, só sei que minha bisavó foi casada por mais de cinquenta anos, até meu bisavô morrer, dormindo. E a minha avó foi casada durante quarenta e quatro anos, quando o meu avô teve um câncer fulminante.

– Tá, mas, e a carta, a carta...

– Eu tremia de curiosidade. Parecia que estava segurando um explosivo. Abri o envelope com todo o cuidado. A carta estava escrita em um papel grosso e amarelado. A caligrafia era muito antiga e rebuscada, com traços fortes, mas consegui ler tudo sem problemas.

– E aí...

– Tirei uma foto com meu celular, deixa eu procurar aqui... Achei:

Querida Olívia, teu pai era um sujeito muito bom, deveras trabalhador e amoroso. Me ajudou a criar muito bem a ti e aos teus sete irmãos. O Genival saía antes do sol raiar, após cuidar dos animais e da horta, e voltava ao entardecer, quando ficava com os filhos até a hora de descansar. Dava banho, brincava e lia. Ensinou xadrez a todos. Seu único defeito era ser de má bebida e mulherengo. Quando recebia o ordenado do mês ou das vendas da nossa pequena produção, não tinha erro. Ia pro bolicho do seu José, pagava bebida pra Deus e o mundo, e depois ia pro bordel da Dona Ziza. Todos sabiam na cidade, mas eu nunca me importei. O Genival também cumpria suas obrigações de marido. Não se metia com mulher casada nem solteira, só ia na zona de vez em quando. Vivemos anos assim. Mas, quando começou a arrendar umas terras do seu antigo patrão para plantar, as coisas de dinheiro melhoraram muito; mas, ele mudou de jeito, parece que foi possuído pelo demônio. Começou a ter coisa com mulher casada, com mulher de amigo, e até parou de ir na igreja. Todo mundo na cidade sabia. Pedi para ele parar com aquilo. Ele se fez de desentendido, mas prometeu se controlar. Passados alguns meses, minha melhor amiga da igreja, a Felicíssima, foi até a nossa casa. Disse que queria conversar um assunto muito sério. Ofereci um café e ela não aceitou. Simplesmente disse: Teu marido tirou a virgindade da minha mais nova, a Mariazinha, que nem dezesseis anos tem. Se o meu marido souber disso, o Genival não dura um minuto. Vai vir aqui e degolar ele, igual faziam na Revolução de 93. Dá um jeito no teu velho, que não tem mais idade pra isso. E foi-se embora. Fiquei paralisada, depois tive uma tremedeira, uma vermelhidão. Tive vontade de matar o teu pai e me matar. Fui na despensa e me servi de um liso da cachaça preferida dele. Mais um. Depois outro. Um último. Me acalmei e decidi o que fazer. Naquela noite, quando Genival foi deitar, eu estava esperando. Fiquei acordada aguardando a hora mais quieta e escura da noite. A ferramenta que usei é precisa, veio do Uruguai. Já tinha visto o pai usá-la nos cordeiros, porcos e terneiros. Não houve sangue, apenas uma forte pressão, e não doeu mais porque ele estava bêbado. Acordou com um grito seco, se debateu na cama e olhou petrificado para mim... Nenhuma palavra foi dita sobre o assunto até a sua morte. Depois disso, não houve mais idas ao bordel, e tampouco ele me procurava. Esta é a minha herança, querida neta. Espero que nunca precise usá-lo.

Com amor, Teodora.

– É sério isso? Ou tu inventou?

El burdizzo

– Seríssimo.

– Tu confirmou essa história com alguém da tua família? Tias, teu pai...

– Ninguém sabe nada, não conheci a minha avó. Só sei que os casamentos da minha família são bem longos.

– Mas, voltando ao teu marido...

– Fiquei maravilhada com a carta e com o burdizzo. Senti o aço frio, a empunhadura e o peso, e eles eram perfeitos. Guardei o instrumento na minha mesa de cabeceira. Esperei o Jacinto chegar de noite e preparei um jantar bem caprichado. Ele até estranhou, porque era segunda-feira. Servi um vinho e levei-o para a cama. Após fazer amor, me deitei no peito dele e perguntei se me amava. Ele disse que sim, muito. Aí eu falei: E se aquela estagiária der em cima de ti? Ele respondeu: *Tu tá louca, ela é uma fedelha. Eu te amo e sou louco por ti, quero ter filhos contigo e nunca vou te trair. Ainda mais se fizer essas jantinhas e me der esse atendimento especial sempre.* Eu levantei a mão para que ele ficasse quieto e entrei direto no que interessava.

– Fala logo, mulher.

– Cheguei e disse: Jacinto, o negócio é o seguinte. PRESTA BEM ATENÇÃO! Eu te amo e quero ficar contigo para sempre. Tenho total confiança em ti, mas aquela estagiária me deixou com uma pulga atrás da orelha, porque sei que essa história de Polícia deixa a mulherada louca. As mulheres da minha família sempre têm casamentos duradouros, coisa de quarenta, cinquenta anos, até o homem morrer. Daí ele brincou: *Mas sempre há uma exceção, não é mesmo? Nessa coisa de morrer antes...*

Teresa bateu na mesa, assustando Fernanda.

– Eu segui falando e ele congelado: Para de brincar, Jacinto! Eu quero que o nosso casamento dure muito tempo mesmo. Por isto, anota aí: se eu descobrir que tu me traiu, ou até se eu simplesmente reunir elementos ou indícios, aliás, vocês Delegados gostam desses termos, não é? Indícios suficientes que me levem a crer ou desconfiar que tu fizeste algo errado... Enfim, se eu suspeitar de algo, quando tu estiver dormindo, vou usar a herança de família que recebi da minha avó, que por sua vez herdou da bisa, que a recebeu da minha tataravó. Ele quis retrucar: *Que papo de louca... O que é isso, o que tu quer dizer?* E eu completei: Se tu me trair, não vou falar nada, não vou fazer escarcéu, mas, numa noite tranquila qualquer, quando tu estiver no bom do sono, vou usar o burdizzo.

– Vi pela cara dele que não tinha entendido o que eu estava falando, daí acrescentei: temos internet em casa. Então, amanhã, quando eu sair pra trabalhar, tu entra no São Google, que exterminou a ignorância no mundo, e pesquisa o que é um burdizzo. Depois vem aqui no quarto e abre a minha última gaveta da mesa de cabeceira, daí tu pode vê-lo. E deixa tudo no mesmo lugar. Encerrei a conversa, virei para o lado e dormi.

– E... tu acha que ele foi no Google?

– Mas que dúvida... Na mesma noite. Notei quando ele levantou da cama e foi até o escritório.

– E depois disso, Teresa?

– Ficamos muito bem. Vinte e cinco anos de casados. Nunca mais tocamos no assunto. Só uma vez que outra, quando eu estou meio alta e o Jacinto faz um comentário machista sobre alguma mulher bonita ou amiga minha, eu grito: OLHA O *BURDI*, ÓÓÓ, O *BURDI!* Ele manda eu parar de bobagem e ninguém entende nada... Fernanda está chorando de rir. Depois de se recompor, pega o seu celular e pergunta:

– Teresa, será que eu acho esse burdizzo aqui na Amazon? Vá que...

– Vamos embora, amiga. Temos que nos ver mais vezes. Tu me deve uma visita em Porto Alegre.

– Pode deixar, marcado.

A reclamação

Quinta-feira, 10 de dezembro, quatro da tarde na Superintendência da Polícia Federal em Porto Alegre.

Três batidas na porta.

— Doutor Jacinto, aquelas senhoras vizinhas do seu Rabelo estão aí na antessala e só saem daqui depois de falar com o senhor.

Ao ver a cara do Delegado, Genésio acrescenta:

— As gêmeas que estão sempre em duas janelas, lado a lado, numa casinha amarela, bem na frente do bar.

— Ah, aquelas cajazeiras. Parecem umas múmias. Sempre na janela, de olho em toda a vizinhança.

— Elas, Delegado. Chegaram as duas da tarde. Avisei que o senhor estava muito ocupado e não poderia atender nos próximos dias. Elas insistiram. Perguntei o assunto. De início, se esquivaram. Depois de me contarem a vida inteira, que nasceram em Bagé, são gêmeas e solteiras, filhas de militar, e que recebem aquela pensão absurda... Enfim, chegaram no assunto.

– Nem quero saber, Genésio. Temos a Operação amanhã. Aliás, daqui a pouco.

– Disseram que o problema eram os gatos do Seu Rabelo.

– Aqueles ricos bichanos do bar? O que eu tenho a ver com isso? Fala pra elas ligarem pra Vigilância Sanitária, FEPAM ou pra Sociedade Protetora dos Animais.

– As duas falaram que ligaram pra todos os órgãos possíveis, até pra Prefeitura e pra Brigada Militar Ambiental... Todos riram delas.

– Fizeram muito bem.

– Doutor, não me leve a mal, mas as gêmeas não vão sair daqui.

– Haja saco! Me passa esses jaburus, então. Tenho três minutos. Como é o nome delas?

– Cenira e Dejanira.

– Meu Deus...

Alguns minutos depois:

– Boa tarde, senhoras... Dejanira e Cenira, né? Que nomes lindos. Estou super ocupado, mas no que posso ajudar?

– Doutor Jacinto, o senhor tem que fazer alguma coisa. Somos cidadãs e contribuintes, já procuramos vários órgãos e ninguém nos dá atenção.

– A senhora é a Cenira ou a Dejanira? Vocês são gêmeas? São muito parecidas.

– Sou a Dejanira.

– Qual é o problema, senhora?

A reclamação

– O problema são os gatos e o Seu Rabelo, dono do bar que o senhor frequenta.

– As senhoras estão me espionando?

– Não, Doutor, imagina. É que passamos muito tempo na janela, conversando com os vizinhos, e daí vimos tudo o que se passa por ali.

– E daí? Só tenho mais dois minutos e preciso sair para uma reunião.

Cenira, octogenária e mais ágil com as palavras, toma a frente da conversa.

– Delegado, todos os dias de manhã, o Seu Rabelo pega os restos de farinha de rosca, trigo e de pão que sobraram e joga na calçada, na frente do bar.

– Chamem o DMLU.

– Não é isso... O lugar fica lotado de passarinho e pomba. E daí ele solta os gatos. Delegado, ele tá cevando a calçada para os gatos dele caçarem.

Jacinto se vê subitamente alheio à conversa. Imagina Wolverine pulando com agilidade e rapidez em cima de um lindo sabiá amarelo. Penas voam na frente do bar.

– Doutor, quase todo dia aquele gato amarelo malhado pega um passarinho ou uma pomba. É um serial killer. A outra gata é mais preguiçosa, só de vez em quando consegue.

– Mas essas pombas são uns ratos com asa, que bom que ele faz isso.

– Doutor, isso é crime. O senhor tem que fazer algo. Já tentamos falar com o Seu Rabelo e ele nos mandou longe.

– Mas eu não tenho nada a ver com isso, senhoras.

– Delegado, se o senhor não fizer nada, toda segunda-feira de manhã nós viremos aqui reclamar.

Jacinto imagina as gêmeas o perseguindo e anotando os seus horários de saída e chegada no seu bar preferido. Após um suspiro, diz:

– Podem deixar, vou falar com ele.

Deflagração da Benefit

Quatro horas da manhã do dia 11 de dezembro, sexta-feira. Sala de reuniões no nono andar da Polícia Federal, em Porto Alegre.

– Genésio, pega aqui o celular. Grava o meu briefing que eu vou repassar em seguida pro pessoal de São Paulo, que vai cumprir os mandados na empresa quente do Alvo 1 e no flat dele.

– Ok, Delegado.

Jacinto dirige-se ao grupo.

– Bom dia a todos. Obrigado pela pontualidade e, principalmente, aos colegas que se deslocaram do interior para auxiliar na Operação. Alguns eu já encontrei há pouco no Bar do Seu Rabelo, tomando aquele café reforçado. Bem, pessoal, serei rápido, porque às cinco e meia queremos estar na rua e as equipes que se deslocarão para o litoral e serra já têm que sair. Meu nome é Jacinto Silva, Delegado aqui em Porto Alegre há 25 anos. As principais informações da Operação Benefit, dos alvos e dos locais de busca e apreensão estão no documento distribuído agora há pouco pelo Genésio aos chefes de equipe. Em resumo, trata-se de uma investigação sobre benefícios fiscais indevidamente recebidos pelo Alvo 1, fato que já ocorre há cinco anos, no valor total de 125 milhões de reais. Este empresário recebe o dinheiro tendo como contrapartida produzir peças automotivas de última geração aqui no Estado. Ele deveria criar e manter 120 empregos diretos, mas inventou uma empresa de fachada para esse propósito, e importa as peças já prontas, por meio de outra empresa estabelecida em São Paulo. Há possibilidade de subfaturamento, sonegação fiscal, lavagem de dinheiro e evasão de divisas.

– ...

– Os alvos foram interceptados por quatro meses. Havia informação sobre corrupção passiva de servidores estaduais, mas não obtivemos confirmação. O Juiz negou a interceptação dos servidores, então, prestem atenção nos dois nomes grifados em vermelho. Se acharem qualquer anotação, documento ou referência a esses nomes, é o que buscamos. Vamos cumprir um mandado de prisão preventiva, um de prisão temporária e alguns de condução coercitiva. Ao total, serão dez mandados de busca e apreensão: dois em Porto Alegre, na casa do Alvo 1 e na da sua amante, onde ele deve estar passando essa noite. Confirma, Genésio?

– Sim, Doutor. Pela localização do celular ele está lá desde as seis da tarde de ontem.

– Ótimo. O vagabundo é organizado mesmo, nos negócios e na vida privada. Nesse endereço da amante, vocês cumprirão também o mandado de prisão dele e de condução coercitiva dela, Alvo 4. Depois, temos um mandado de busca em Alvorada, na casa do Alvo 3, com a prisão temporária dele. A equipe que vai para lá, tome cuidado: o local e o Alvo são boca braba. Pode ter arma irregular para apreender.

Os homens concordam.

– No endereço do Alvo 1, mandado de busca e apreensão e condução coercitiva da esposa dele, que é o Alvo 2. Temos ainda dois mandados de busca e apreensão nas supostas unidades fabris do Sr. Engel, Alvo 1, localizadas em Cachoeirinha e Alvorada. Nesses lugares, por favor, façam vídeos completos das áreas externa e interna dos galpões industriais, realizem a apreensão do sistema de câmeras e convidem os vigilantes a se deslocarem até a Delegacia para prestar depoimento como testemunhas.

– ...

– Três equipes cumprirão mandados de busca nas residências do Alvo 1 em Xangrilá, Eldorado do Sul e Gramado. Para finalizar, duas equipes em São Paulo cumprirão mandados de busca no flat e na empresa de exportação/importação do Alvo 1. Qualquer dúvida me liguem ou mandem um WhatsApp. O segundo contato para dúvidas é o Escrivão Genésio. Estamos com dez equipes padrão completas, compostas por um Delegado, um escrivão, um agente e um perito em informática. No endereço da empresa de São Paulo, teremos também o acompanhamento de um Auditor-fiscal da Receita Federal.

– Delegado...

– O que é, Genésio?

– Aqueles cuidados gerais...

– Ah, sim, pessoal, mais umas observações. Algumas vezes tem ocorrido dos porteiros desses condomínios de luxo não abrirem imediatamente as portas do prédio e avisarem os alvos da nossa chegada. Sejam incisivos, proíbam o contato e, havendo demora, ameacem os porteiros de prisão ou arrombem o portão. Colegas já perderam provas importantes por conta disso.

– ...

– Esse assunto é sério. Em alguns instantes, o alvo pode jogar um pen drive na privada e puxar a descarga, atirar um laptop pela janela ou até comer algum documento, como já ocorreu. Também fiquem atentos às mídias. Os pen drives hoje em dia podem ter qualquer tipo de formato. Se encontrarem algum cofre, peçam o fornecimento da senha ou chave. Aguardem até meia hora e me liguem. Tenho o contato do Comandante Geral do Corpo de Bombeiros e já usei os serviços deles. Chegam rapidinho com um macaco hidráulico e um pé-de-cabra hooligan que abrem tudo.

– Delegado? Agente Carvalho, de Bagé.

– Sim?

– E bens de valor?

– Recolham tudo. Rolex, joias, vestidos de grife. Se tiverem dúvida sobre quadros ou esculturas, tirem fotos e me enviem, tenho um especialista do MARGS que nos presta consultoria informalmente. Ele está de sobreaviso. Em Eldorado, levem a lancha para a Capitania dos Portos. Os carros que devem ser apreendidos já estão discriminados.

– Obrigado, Delegado Jacinto. Muito feliz de estar aqui.

– É a sua primeira operação?

– Sim, Doutor. Tomei posse faz pouco, estive antes em Manaus.

– Parabéns! Ah, uma coisa importante! Na dúvida, apreendam tudo: celulares, laptops, computadores, bens de valor. Não caiam em papinho do tipo: esse laptop é da minha filha. Lembrem-se: quando entramos, entramos com tudo. É melhor apreender mais material, e depois devolver, do que de menos, cair em um mimimi, choradeira, e perder alguma prova ou indício.

– ...

– Não se esqueçam disto: Os investigados estão nesta situação por algum motivo, aqui não tem santo. Apenas preservem idosos, crianças e adolescentes que não têm nada a ver com o negócio. Qualquer dúvida ou problema me liguem! EU SOU O RESPONSÁVEL PELA OPERAÇÃO.

De forma discreta, Genésio levanta a mão e aponta para Miriam. Jacinto entende:

– Por fim, quero apresentar aos que não a conhecem, nossa Agente Miriam, que abreviou a licença-gestante em um mês para estar aqui. Boa sorte a todos. Ah, e podem ligar as sirenes nos deslocamentos. Vamos detonar esses vagabundos!

A reunião com as oito equipes e trinta e dois integrantes é encerrada com gritos de: Polícia Federal! Polícia Federal!

– Genésio, chega aqui.

– Sim, Doutor.

– Pega leve com a amante lá. Explica o que é condução coercitiva. E pode deixar ela bem tranquila pra se arrumar, se pintar, se produzir bem pro depoimento aqui na Delegacia. Depois, na chegada, vamos deixar um bom tempo a esposa e a amante esperando na mesma sala antes de serem ouvidas.

– Feito. Entendi, Delegado.

A fotografia

– Jacinto! Olha esta foto antiga que eu achei nas minhas arrumações domésticas covidianas.
– Hum... Não lembro desta foto, eu tinha uns três anos de idade, mas deve ser na frente da nossa segunda casa em Bossoroca, na Timbaúva. Essa aí tinha dois quartos, e as minhas irmãs e irmãos mais velhos não moravam mais com a gente.
– Por que?
– Tu sabe que eu sou a rapa do tacho, Teresa. Nasci trinta anos depois do primogênito e quinze anos depois da minha irmã mais nova. Antes de mim, meus pais tiveram oito filhos. Quando eu vim, o pai tinha sessenta e a mãe já era cinquentona. Aos quatorze anos, colocavam a gente no trabalho e, até os vinte e um, todos tinham que sair de casa.
– Ele era militar, né? O teu pai.
– Sim, Sargento do Exército, mas também fazia bicos no único jornal da Bossoroca. Conseguiu criar os filhos

com muito custo. Rígido com todos, mas comigo era uma mãe-brasileira, só porque sou o caçula. Além disso, minhas três irmãs me protegiam muito. Nunca apanhei, mas ouvi histórias tenebrosas dos irmãos mais velhos.

— Quem são estes aqui da foto? Teu pai e tua mãe estão atrás. E, na frente?

— Olha só, eles colocaram todos os filhos em ordem decrescente da esquerda para a direita, fizeram uma escadinha: Cervantes, o mais velho, com o Alonso ao lado. Esse aqui é o Cardênio. Depois vêm minhas três irmãs: a Dulcineia, a Dorotea e a Zoraida. Aí tem um espacinho antes de mim, notou?

— Estranho, não?

— Acho que minha mãe deixou esse buraco na foto porque são dois filhos que morreram bem pequenos, um guri e uma guria. Parece que o menino, o Ginés, morreu de escorbuto, e a Lucinda, de peste bubônica.

— Que pena.

— Meu pai superou as mortes bem antes da minha mãe. Ele era muito pragmático. Além disso, ninguém falou mais sobre esse assunto na família.

— E esses nomes diferentes?

— O pai era fascinado pelo Dom Quixote. Não lia muito, mas era o seu livro de cabeceira. Relia todos os anos. Dizia que era a melhor obra já escrita. Todos os nomes vêm do clássico do Cervantes.

— Tu não.... Por que tu é Jacinto?

— Quando eu nasci, meu pai disse que ia colocar o nome de Sancho em mim. A mãe ficou puta da cara. Aí, ele disse: *Quem sabe, Rocinante, então?* A velha, já de saco cheio dessa história dos nomes, xingou, disse pra esquecer essa ideia, que ele não ia colocar o nome do cavalo do Dom Quixote no filho dela. Mandou o pai ir no cartório, pedir a Bíblia, abrir e escolher um nome comum, tipo Pedro, Felipe, João ou outro, e só não vir com Barrabás, Pôncio ou Pilatos.

– ...

– Como ele era muito turrão e não gostava nem um pouco de ser contrariado, chegou no cartório, viu num cartaz que o Oficial se chamava Jacinto e resolveu homenageá-lo. Não satisfeito, o pai, que nunca tinha tido um bicho de estimação, passou no Mercado e comprou um cachorro e um gato. Chegou em casa e apresentou-os para a minha mãe: *Este cachorro é o Sancho, o gato se chama Rocinante. São da família agora. Cuida deles como tu cuidou dos teus filhos.*

– Devia ser um cara espirituoso, o teu pai.

– Era, sim. Convivi pouco com ele, um cara duro, muito machista, como todos na época.

– Como tu sabe que ele era machista?

– Meus irmãos podiam tudo e, minhas irmãs, nada. A história mais interessante que ouvi delas, e verdadeira, segundo a minha falecida mãe, era que, todas as vezes que elas se arrumavam para irem nos bailes do Clube Três de Julho, o pai dizia: *Lembrem-se. Não escolham muito! Vocês são pobres, burras e feias...* E finalizava com uma grande gargalhada.

– Pobres elas eram mesmo, mas eram feias e burras?

– Lógico que não, a mais bonita, a Dulcineia, até se casou com o maior latifundiário do Estado, e as outras duas eram professoras universitárias.

– E os irmãos?

– O Cervantes foi um dos engenheiros responsáveis pela construção de Brasília e acabou ficando por lá. O segundo, o Alonso, também foi militar. Era um baita atirador, até matou uns bandidos que tentaram assaltá-lo no Rio de Janeiro, mas morreu cedo, de derrame. O Cardênio foi atropelado por um trator.

– Jacinto, por que eu nunca conheci teus irmãos e irmãs?

– Teve um rolinho na herança, mas o maior motivo é porque eu sou de direita desde sempre, e eles são todos de esquerda.

– Sério?!

– Sério. Anos atrás, até fui no enterro da minha irmã mais nova, e encontrei o meu irmão mais velho e a outra irmã ainda viva, mas não deu muito certo.

– Por que, Jacinto?

– Eu estava nervoso com aquele reencontro, depois de vinte anos, e quis ser espirituoso. Daí falei para os filhos e para o marido da morta, e também para os meus dois irmãos restantes, que o negócio estava meio bagunçado na nossa família... Avisei que, a partir de agora, a ordem cronológica tinha de ser devidamente respeitada nos enterros.

– Não entendi.

– Onde já se viu os irmãos mais jovens morrerem antes dos mais velhos!?

– Agora eu entendo a tua família, Jacinto.

O balanço da Operação

Depois do cumprimento do mandado de busca na residência do empresário Paulo Isidoro Engel, onde foram atendidos de forma fria e impassível pela esposa do Alvo 1, o Delegado Jacinto envia um WhatsApp ao grupo do gabinete, formado pelo escrivão Genésio e pela agente Miriam.

No fim da manhã vamos fazer o balanço da operação no meu gabinete.
Ok, Delegado.
Certo, Doutor, abraço.

Após três batidas na porta, seguida de outra duas, Genésio e Miriam entram na sala de Jacinto.
– Como foi na casa da amante, Genésio? Tudo tranquilo? Encontrou algo interessante?
– Nada, Delegado, apenas os Alvos 1 e 4. Ele ficou muito nervoso. Quase desmaiou quando entramos. Acho

que não conseguia entender como tínhamos o encontrado ali. Deve ter ficado ainda com mais medo da esposa descobrir e ele perder o esquema que tem há cinco anos.

– E ela, o Alvo 4?

– Cooperou em tudo. Muito equilibrada. Perguntou o motivo da busca, mostrei o mandado e disse que o principal investigado era o Engel, mas que deveria colaborar e nos acompanhar até a Delegacia para ser ouvida. Ela acalmou o homem o tempo todo, até serviu um uísque duplo pra ele. Depois foi se arrumar pra vir pra cá.

– E lá nos galpões, Miriam, como foi?

– Conforme o esperado, Doutor. Os galpões em Cachoeirinha e Alvorada estavam sem ninguém, mas com milhares de peças automotivas embaladas em caixas. Fizemos a apreensão. Depois filmamos tudo, por dentro e por fora. Não havia nenhuma máquina de produção, tampouco empregados. Trouxemos os vigilantes aqui para serem ouvidos. Eles adiantaram que nunca viram trabalhadores, apenas o Alvo 3, Reginaldo, que passava uma vez por semana para recolher a correspondência, contas de água, luz, notificações, essas coisas.

– E na casa do Reginaldo Souza, Miriam?

– Não é a primeira vez que foi preso. Colaborou cem por cento, mas não encontramos nada. O carro, os eletrodomésticos, os móveis, são tudo de primeira, incompatíveis com o padrão da residência em Alvorada.

– Bom, minha gente, na casa do Alvo 1, a esposa foi muito tranquila e falou pouco, parecia até estar nos esperando. Inclusive as filhas do casal estão no exterior, fazendo um intercâmbio em Sydney, na Austrália. Disse não saber nada dos negócios do marido e não ter motivos para desconfiar dele. Em Xangri-lá, Eldorado do Sul e Gramado, nada digno de nota, apenas apreendemos a lancha, os carros, uns Rolex e algum dinheiro em espécie, euros, dólares e reais, mas coisa pouca, de guardar tudo na cueca. Em São Paulo, o pessoal me passou que o Auditor Fiscal da Receita encontrou e-mails, notas fiscais, invoices, enfim, diversos documentos comprovando a importação subfaturada das peças automotivas que deveriam estar sendo produzidas por esse filho da puta aqui no Rio Grande do Sul.

– Ótimo, Doutor, então já temos uma parte da investigação confirmada.

– O perito encontrou, inclusive, um e-mail do Alvo 1 pedindo pra fábrica chinesa produzir as peças com determinados números de série e com a inscrição Made in Brazil. Mais pro final do inquérito, vamos ouvir três empregados registrados em cada fábrica para confirmar que tinham carteira assinada e recebiam salário, mas nunca trabalharam. Falta ainda pegarmos os servidores públicos por corrupção, e não por incompetência ou culpa in vigilando, por não terem fiscalizado esses incentivos.

– Boa! Vamos aguardar, Delegado.

– Genésio, Miriam, logo depois do almoço farei a entrevista coletiva sobre a Operação. Fiquem de butuca nas interceptações, vamos ver se os tubarões ligam pros alvos.

– Certo, Delegado. Desviamos as linhas interceptadas direto para os nossos celulares.

Nesse momento, Miriam recebe uma chamada no celular e sai da sala. Jacinto continua conversando com Genésio.

– Depois da coletiva, vamos interrogar a esposa e a amante. As duas estão no mesmo lugar?

– Sim, esperando naquela nossa sala com câmera discreta.

– Os dois presos, Genésio, vamos ouvir daqui a uns cinco dias ou mais... Deixar eles pensarem um pouco na vida.

– Doutor Jacinto, a repercussão na mídia foi ótima. Até ligaram do Fantástico querendo pegar alguns dados e para fazer uma entrevista com o senhor no próximo domingo.

– Ótimo! Vamos passar tudo que não estiver sob sigilo pra eles. E nada ainda dos nossos peixes maiores?

– Nada, Delegado. Mais tranquilo que água de poço. Apenas fuxicos, familiares e amigos ligando ou mandando zaps para os alvos, se colocando à disposição para ajudar.

– Deixa essa pra mim, então.

– Doutor, podemos passar ali no Seu Rabelo depois do trabalho?

– Pra comemorar? Lógico, Genésio. Sabe a regra, né: tu convidou, tu paga.

Uma hora depois:

– Boa noite, Seu Rabelo! Vim comê-lo.

– El senõr és mui bromeador. Parabéns por la Operación de hoy. He visto en la internet y en el jornal de las siete. Prenderam alguien del PT?

– Obrigado, Seu Rabelo. Não. Ninguém dos comunistas caiu, por enquanto. Hoje o Genésio está patrocinando. Então, me vê dois do meu pastel e uma estupidamente.

– Paco, dos pasteles Jacinto! E para el senõr?

– Só um cafecito puro y fuerte pra mim. Duplo.

Seu Rabelo dá meia volta como um militar e marcha para a cozinha.

– Genésio, o que tu achou dos interrogatórios da esposa e da amante? Elas foram muito frias e calmas, não quiseram nem advogado e disseram que só falariam em Juízo. Muito estranho...

– Achei ambas parecidas, na beleza e no autocontrole, a nova mais bonita.

– Discordo, Genésio. A esposa coroa é sensacional. A outra também é linda, mas não tem a pose e a classe da titular.

– ...

– O que mais me surpreendeu foi a calma da esposa depois que explicamos o motivo da investigação. Ela disse pra nós em off que não sabia nada dos negócios do marido, que amava muito ele e não desconfiava de qualquer coisa errada. Pareceu indiferente até com a presença da amante na antessala. A Carol sempre soube da esposa, lógico, mas será que a recíproca é verdadeira? Tem alguma coisa aí que não bate.

– ...

– Mas o que houve contigo, hein, Genésio? Tá mudo. Isto é jeito de comemorar o sucesso da Operação?

– Doutor Jacinto, me desculpe, eu fiz a maior merda da minha vida!

Che e Golbery no antigo acampamento Sérgio Moro

Golbery é um enorme Golden Retriever negro, uma aberração da genética, mas muito comportado e obediente, pois foi treinado pelo melhor adestrador do Rio Grande do Sul. Bem diferente do Che, um guaipeca magro e sarnento desde a época em que foi recolhido, no meio da Free-Way, na volta de um feriadão de Páscoa. Na ocasião, foi adotado pela família Sanchotene Silva sob forte protesto do pseudo-patriarca. Che é menor, mais carinhoso e dócil, e nunca late, mas também é, de longe, o mais esperto.

– O que está fazendo acordado tão cedo no domingo, Jacinto? Nem leu a Zero Hora e já vai sair?

– O Júnior vai correr no Parcão, botar a manguaça da festa de ontem pra fora. Eu vou dar uma carona e levar o Golbery pra passear.

– Leva o Che! Ele também adora passear contigo.

– Não vou levar lá.

– Por que?

– Esse cachorro é meio insolente, cheio de manias. Tu mima ele demais.

– Ah, para com isso. Leva o coitadinho... CHEEE, quer passear com o papai, ou seria vovô?

– Para com essa voz ridícula, Teresa! Não vou levar esse vira-lata. Imagina só, tá cheio de gente caminhando ou correndo lá no Parcão, de camisa verde-amarela. Daí chega alguém e me pergunta o nome do bicho. Como é que eu vou dizer que ele se chama CHE? Ou pior, o desgracinha sai correndo, como já aconteceu, porque não gosta de coleira, e eu vou ter que sair por lá gritando o nome dele. É capaz de me lincharem e fazerem churrasco do cusco. Aliás, não sei por que tu botou esse nome idiota nele.

– Tu que começou.

– Comecei o quê?

– Tu deu o nome de Golbery para o cachorro sem nos consultar. Adoro ele, mas não gosto da alcunha. Tu sabe muito bem quem foi o Golbery na nossa História. E não é a primeira vez que um cachorro da família é batizado de forma inapropriada. Lembra daquele cusco que salvamos na Lomba do Pinheiro? Pegamos ele todo embarrado, na beira da estrada, estava super fraco e desnutrido. Levamos direto no veterinário para tomar soro e vacinar, e depois foi pra nossa casa... As crianças eram pequenas. Nós não deixamos que botassem nome no cachorro pra não se apegarem, porque o veterinário disse que os próximos três dias definiriam a situação dele: se sobreviveria ou iria morrer.

– E daí?

– Não lembra mais? No segundo dia, tu começou a chamar o pobre do cachorro de Rest In Peace. Ainda bem que, naquela época, as crianças não sabiam inglês, nem português direito.

– Tá... Que coisa antiga. Acho bonito Golbery. Além disso, tu sabe a data em que eu nasci, 31 de março de 1964, talvez o nome seja por causa disso. Mesmo assim, não apoio esses movimentos agora. Meu pai era militar, sargento, mas era também jornalista e ficou contra a Redentora.

– Sei. Ainda bem que o teu pai era um cara inteligente e equilibrado. Pena ter morrido antes de conhecer os netos, poderia ter contado o que aconteceu no Brasil de 1964 até 1985.

– Deixa que eu conto.

– Melhor não. Eles já sabem.

– Tá, mudando de assunto: por que TU não leva o Che pra passear com a gente?

– Tu sabe que eu não ponho meus pés no Parcão desde 2016. E tu também nunca mais foi no Brique da Redenção desde que nos casamos.

– Lá só tem comunista no domingo. É quase um congresso da Internacional Socialista a céu aberto... Chama a Luísa, então, pra levar ele.

– Ela está estudando para a faculdade.

Jacinto Júnior, que toma um café enquanto ouve a discussão dos pais, resolve intervir:

– Tá bom, mãe, busca a coleira que eu levo o Che. Mas ele vai correndo do meu lado pra não ter perigo de ninguém perguntar o nome. E se perguntarem, pai, vou dizer que se chama XEnofonte, CHErnobyl ou XEique.

Voltando ao Bar do Seu Rabelo

— Respira fundo. Aqui pode me dizer tudo, Genésio. O que aconteceu? Conta com calma, e em detalhes.
— Doutor, lembra que o senhor deixou eu seguir a Carol Cincinatti, a amante?
— Sim, e daí? Falei pra ter cuidado, tu não tem essa manha de se disfarçar e tal.
— Doutor, eu comecei a seguir a Carol com um perfil falso no Instagram e no Face. Aí teve um dia que ela postou uma foto no Urban Farmcy, na Padre Chagas.
— O que é isso? Uma farmácia de manipulação?
— Não, é um restaurante vegano.
— Ah, por isso nunca ouvi falar... E aí?
— Corri pra lá de Uber e me sentei numa mesa bem ao lado. Senti até o perfume dela. Estava linda, maravilhosa, bem vestida e sensual, sem ser vulgar.
— Tá, nada demais. Desembucha logo.

– Passei a acompanhar a localização online da mulher pelas estações rádio-base do celular. Segui ela por uma semana, em shoppings, cafés e restaurantes.

– Tu ficou louco?! Ela deve ter te reconhecido rápido, com esse teu um metro e noventa e cinco, magrão e todo desajeitado.

– Eu trocava de roupa, colocava óculos escuros, chapéu, boné... Mas acho que não deu certo.

– Lógico que não, gênio.

– Na última semana, quando estávamos no Café do Porto tomando um expresso, simplesmente o Alvo levantou da mesa em que estava e me abordou. Perguntou por que eu estava atrás dela. Eu neguei. Ela disse: *Tá bom, eu moro aqui perto, vamos lá no meu apartamento pra tu me explicar direitinho o que tá fazendo atrás de mim toda essa semana.*

– E tu foi? Claro! Mas é um abobado da enchente.

– Doutor, eu estava fora de mim, excitado, não sei. É uma mulher inebriante, linda, tem uma força vital que lembra um puma. Acho que ninguém consegue dizer não pra Carol. Ela me pegou de surpresa e, quando vi, estava indo até o seu loft.

– Não vai dizer que ela te seduziu...

– Bem pior, Delegado. Mandou eu sentar no sofá, enquanto buscava uma bebida pra nós. Eu esperei uns cinco minutos e até tentei fugir nesse meio tempo, mas a porta estava trancada com aquelas fechaduras eletrônicas.

– ...

– A Carol voltou vestida de corpete e cinta-liga preta, bota vermelha acima do joelho e toda produzida: colares e pulseiras douradas em cada braço. Vi até as tatuagens meio escondidas pela lingerie. Quando tentei falar que ia embora, ela tapou a minha boca e começou um strip-tease. Me hipnotizou só com o olhar.

– Puta que pariu, tu nunca foi na zona, Genésio?! Nunca viu um show de strip, pole dance, sexo ao vivo?

– Não, Doutor.

– Mas é um guri de apartamento! Sempre te disse que um policial tem que conhecer a cidade em que vive e trabalha, sair por aí, ter contato com a sabedoria das ruas.

– Me desculpe, Doutor. Ela serviu aquele champanhe amarelo famoso, que eu nunca tinha tomado. Depois só me lembro que tive o melhor sexo da minha vida, e foi mais de uma vez.

– Como?!

– Doutor, ela deve ter colocado uma mistura de Boanoite Cinderela com Viagra e mais alguma anfetamina na minha bebida. E bebemos bastante. No outro dia, acordei enjoado e com uma baita dor de cabeça. A Carol não estava em casa, então eu fui embora, meio desorientado.

– ...

– Lá pelas duas da tarde, entrou uma mensagem no meu celular:

Tenho certeza que tu é Polícia. Mas a noite foi ótima. Sei que não sou o motivo de tu ter colado em mim nesta última semana, mas... se algo de ruim acontecer comigo ou com a pessoa que eu imagino seja o foco de vocês, é bom tu saber que tenho câmeras instaladas em todo o meu apartamento. Já dei uma olhada no nosso filme longa-metragem de ontem, e tu foi muito bem mesmo. Seria interessante espalhar esse vídeo por aí ou vendê-lo. Fica frio, não me segue, nem me procura mais.

– Deixa eu ver a mensagem.

– Ela deletou assim que eu li, não consegui fazer um print.

– Mas tu é um cabaço mesmo, Genésio. Puta que pariu, tu pode detonar a tua vida, a minha, e ainda manchar o nome do Departamento... Te envolver assim logo com uma piranha investigada, que coisa de principiante!

– Ela não é piranha!

– O que tem nesse vídeo, Genésio?

– Doutor, parte eu nem lembro, mas fiz tudo que ela pediu, sugeriu ou mandou. Fiquei enfeitiçado. Acho que fui dopado mesmo. Se bem que eu já andava meio obcecado antes de ir lá no apartamento.

– Por isso tu quis ir na busca e apreensão na casa dela... Bem que achei estranho. Tu é meu fiel escudeiro, sempre me acompanha nas operações. E agora tá explicado o motivo dela ficar o tempo todo te encarando no depoimento hoje cedo.

– Eu tinha que ir lá, ver se era verdade e se achava as câmeras.

– E...

– Achamos doze câmeras, bem escondidas em todas as peças, com vários ângulos, até no banheiro. Conectadas num HD de última geração, com envio automático dos vídeos gerados pra nuvem.

– E ela?

– Apenas me deu uma piscada maliciosa quando abriu a porta e, numa hora que não tinha ninguém por perto, me disse bem baixinho: *Ou tu é muito corajoso, ou estúpido, eu achava que nunca mais te veria.*

– Apreenderam o HD?

– Sim, o perito registrou e lacrou. Mas está comigo, levei lá para a minha sala. Disse que o senhor queria dar uma olhada antes da perícia examinar o conteúdo. Tinha uns duzentos e cinquenta vídeos dentro. Acho que esses dois alvos gravam, desde o início, todos os encontros deles.

– Humm. E como tu saiu do apartamento se a fechadura era com senha ou por digital?

– Eu cheguei próximo e a porta já destrancou. Ela deve ter visto pelas câmeras e abriu pelo celular. Mas, e agora, Doutor? O que fazemos?

– Me desculpa, mas vou dar uma olhada nos vídeos, Genésio. Vou pensar o que podemos fazer: no máximo, tu será demitido a bem do serviço público e processado criminalmente, o que é culpa toda tua. A merda é que isso vai acabar me fodendo junto. Tentarei primeiro salvar a operação. Se der errado, aí tu pode começar uma carreira de ator pornô.

– Nem brinca com isso, Doutor. Estou muito envergonhado. Quebrei a sua confiança.

– Levanta a cabeça, Genésio. Vai dormir, eu pago a conta. Aproveita o final de semana. Na segunda, nós conversamos.

O Oráculo

– Como foi a Operação, amore? Tudo bem? Tá muito cansado ou quer comemorar comigo mais tarde?
– Teresa, sempre quero comemorar contigo. Vá que eu morra amanhã.
– Ah, para de bobagem, Jacinto. Vamos jantar e abrir um vinho.
– Tá bom, vou tomar um banho. Onde foram a Luísa e o Jacintinho?
– Estão na faculdade e depois vão sair com seus respectivos. Mandei o Júnior ir pra casa da namorada dele ou pra um motel. A Luísa vai pra casa dos pais do Julinho. Tu teve muito estressado nos últimos dias, merece um relax.
Mais tarde:
– Amor, o que houve? Parecia que tu estava noutro mundo.
– Não tava bom?

– Estava sim, como sempre, mas eu te conheço. O que foi? Problemas na operação? Não conseguiram provas suficientes?

– Ainda dependemos das perícias em computadores, mídias e celulares, mas o caso está bem encaminhado. O pseudo empreendedor tá ferrado, só que ainda não pegamos os dois servidores corruptos. Mas, nessa parte eu já sei o que fazer.

– Que bom. O que foi, então?

– O Genésio me fudeu.

– Ué, ele fez algo errado? Perdeu algum prazo ou prova? Ele estava fazendo a parte da Miriam, não é? O Genésio é tão CDF. É teu parceirão e braço direito há um tempão. Gosto muito dele.

– Pior.

– Corrupção? Ele vazou a investigação?

– Não. O idiota se envolveu com uma das investigadas. Foi seduzido. Está apaixonado, obcecado pela amante do nosso principal alvo. Isso pode detonar todo o trabalho. Pra mim não dará nada grave, mas o imbecil pode até ser demitido.

– Não tem como ajeitar isso sem tu te envolver? Pensa na tua carreira, Jacinto.

– Vou pensar, mas tá difícil.

– Bom, esquece isso agora, vamos dormir. Amanhã tu toma uma cerveja com algum amigo e vocês acham uma solução. Tu é bom em contornar um pouco a lei pra fazer justiça. O Genésio é uma rica duma pessoa, honesto, trabalhador. Ele apenas foi humano. Errou pela primeira vez contigo nestes... quantos? Quinze anos que vocês trabalham juntos? Como tu costuma dizer, qualquer pessoa merece uma chance, até os bandidos.

– Obrigado, amor. E pensar que até entrevista pro Fantástico eu ia dar, mas cancelei. Disse que estava tudo sob sigilo e não podia falar. Tu tá certa, amanhã vou tomar uma cervejada depois do futebol. Tá bom? Boa noite. Te amo.

Delações forçadas

– E aí, Doutor, teve alguma ideia pra me ajudar?

– Genésio, tu faz uma merda grossa dessas e quer que eu resolva num final de semana? Tá achando que sou o quê, o Einstein? Primeiro vou dar um jeito na questão dos auditores corruptos, depois vou pensar no teu caso. Fica frio.

– ...

– Vê se até sexta-feira aparece alguma coisa nas mídias apreendidas sobre a propina. Pede pra Miriam te ajudar a passar um pente fino nisso, junto com os peritos. Prioridade um.

– Tá bom, Doutor. Pode deixar. Vamos pegar estes servidores safados.

– Quanto ao sócio preso, o Reginaldo, ouviremos o cara na quarta pela manhã e vamos liberar ele de tarde, quando expira a provisória. O Engel, que tá na preventiva, ainda vamos segurar mais uns dias esperando pela busca de vocês no material apreendido. Até porque vi que o advogado bambambam dele entrou com um habeas no TRF4 e levou pau bonito. Ganhamos mais uns dez dias pra trabalhar ele.

– Certo, Doutor.

– E fica tranquilo, que tu arranjou uma aliada. Teu santo é forte.

– Quem, Delegado?

– A Teresa ficou do teu lado.

– Sério? A Doutora Teresa? Que bom! O senhor contou pra ela?

– Sim, eu conto tudo. Não dei os detalhes, lógico. E ela ficou do teu lado, o que é bom pra ti.

– Isso me surpreendeu, ela é tão de esquerda e certinha. O senhor diz que a Doutora Teresa é até comunista...

– Não é uma questão de esquerda ou direita, Genésio. Eu sou de direita e ela de esquerda, mas o que interessa aqui é um senso de justiça, de bem comum. E ela te defendeu. Fica feliz que isso é meio caminho andado pra ti, senão tu já tava ferrado.

Sexta-feira de tarde:

– Genésio, nada ainda no material apreendido sobre o pagamento da propina?

– Necas, Delegado.

– Tá bom, liga agora pra carceragem e me passa.

– É pra já.

– Quem fala?

– *Agente Mendes, carceragem da Polícia Federal.*

– Boa tarde, agente. É o Delegado Jacinto.

– *Boa tarde, Delegado. Seu preso está aqui, bem tranquilo e guardadinho, nenhuma visita além daquele advogado nojento dele.*

Delações forçadas

– Que bom. Mendes, tem mais alguém aí nas celas?

– *Temos um italiano preso por ordem do Supremo, aguardando extradição, e um traficante paraguaio, que disse não poder ir pro Central porque lá seria morto pelas facções. O Delegado resolveu manter ele aqui.*

– Tá bom, Mendes. Preciso que tu coloque esses dois por meia hora no banho de sol, porque quero um tempo realmente a sós com o meu preso. Certo?

– *Considere feito, Doutor. Só avise a hora que o senhor vem que eu organizo tudo aqui.*

– Maravilha, ligo antes.

Três horas depois.

– Boa tarde, Engel. Estão te tratando bem aqui? Não é tão luxuoso quanto as tuas casas em Eldorado, Gramado e Xangri-lá, e nem perto da casa da tua amante... Mas pelo menos é limpinho, né? E o TRF, o senhor já deve saber, decidiu deixá-lo mais uns dias aqui conosco, curtindo a nossa hospedagem.

– Delegado, só falo com o senhor na frente do meu advogado.

– Me ouve, então. E presta bem atenção! Porque não vou repetir, o interesse é todo teu. Tu é muito inteligente, não precisa de advogado pra decidir.

– ...

– A tua mulher deve gostar muito de ti, te defendeu e disse que só falaria em Juízo. Mesmo depois de esperar para depor na antessala na frente da Carol, que estava bem-produzida, diga-se de passagem. Ela quase parou toda a Superintendência aqui. Tua esposa também é um avião, aliás, sou mais ela, mas não vem ao caso. A Carol te defendeu, disse que tu deu o carro, o apartamento e tudo o mais, porque vocês se amam. Quase acreditei nela, sabe? Então, Engel, tu é bom mesmo, um anjo. Te admiro pela maleabilidade e organização. Acho que esse encontro vai dar algum stress no teu casamento, mas daí não é problema meu.

– Doutor, eu tenho duas filhas e amo muito a minha esposa. Tenho que salvar o meu casamento. E é verdade, também amo, sou apaixonado pela Carolzinha. Quero cuidar do futuro dela.

– Imagino... Bom, acho que tu até consegue salvar o casamento, mas tem que sair logo daqui. Olha, eu investiguei a tua vida, desde a família remediada até a ascensão social após casar. Tem um certo merecimento aí. Estudei a tua esposa, a amante e o teu sócio, ex-preso e traficante. Busquei os dados do INSS e das contratações da tua empresa, peguei o depoimento dos vigilantes dos galpões onde tu deveria produzir as peças automotivas inovadoras. Temos as quebras de sigilo fiscal e bancário de vocês. Já sei de todo o esquema, mas preciso ainda da cereja do bolo...

– Não sei de nada.

– De alguma forma tu paga propina praqueles dois auditores do Estado. Do contrário, essa situação dos benefícios, que é de fácil verificação, não seria renovada a cada ano, e tu já recebeu durante cinco anos, um total de 125 milhões de reais. Não encontramos nada ligando eles a ti. Nada. E eu preciso disso. A sociedade precisa. Se tu contar como foi o pagamento da corrupção, quais valores repassou pros auditores e comprovar com documentos, eu te ofereço uma delação premiada e daí tu vai pegar a pena mínima dos crimes, porque tu é primário. Falo e acerto tudo com o Procurador e com o Juiz Federal. No fio do bigode.

– Doutor, juro que não sei nada sobre propina.

– Bem, analisa aí... Às seis eu volto.

No mesmo dia, seis da tarde, carceragem da Superintendência da Polícia Federal, após Jacinto tomar sete cafés passados e fortes.

– E aí, Engel, já pensou? Quer fechar o acordo e confirmar com o teu advogado? Lembra o que os bandidos da Lava Jato conseguiram.

– Delegado, não vai ser preciso. Eu não sei nada de pagamento de propina, e nem sei nada de auditor.

– Que pena, achei que tu era mais inteligente e menos arrogante. Como eu preciso pegar esses caras, vamos fazer assim: lá na casa da tua amante, nós apreendemos um HD ligado num sistema profissional de doze câmeras espalhadas pelo loft. Tinha 252 vídeos ali dentro. Já assisti vários, e deve ter muitos vídeos interessantes ainda. Notei que tudo o que acontecia nas tuas vinte e quatro horas mágicas com a Carolzinha era gravado. Depois, ela editava os principais momentos, como se fossem os melhores lances no futebol. Imagina se esses vídeos viralizam por aí. Tu sabe como é, muita coisa vaza no Ministério Público, na Justiça e até aqui. Que lamentável se chegar a ocorrer isso...

– Que absurdo! Isso é chantagem! Vai acabar com a minha vida. É uma sacanagem.

– Absurdo e sacanagem é tu roubar 125 milhões da sociedade, enquanto eu pago vinte e sete por cento de imposto de renda na fonte e mais quatorze de Previdência. Isso sim que é absurdo. Sem falar em um monte de gente morrendo de fome e faltando creche pras crianças. Vai te fudê, seu ladrão de merda! Bom, tu que sabe. E se contar pro teu advogado, tu vai ver como a tua vida aqui dentro pode piorar. Já sei que os dois servidores estão envolvidos. Como tu paga eles? Preciso que tu me confirme!

O preso respira fundo, baixa a cabeça e sussurra:

– Sim, Doutor.

– O quê?! Não ouvi.

– Pago propina pra eles todos os anos, um dia depois de receber os valores do Estado.

– Pra quem?

– Pros Auditores, o senhor sabe quem são.

– Quanto?

– Um milhão e meio de reais per capita. Dá seis por cento dos 25 milhões de reais pra cada um.

– Como tu repassa os valores?

– Mando pelo correio uma carta, sem remetente, lógico, apenas com uma chave, um código escrito no papel. Esse número é lançado num site e daí libera o valor pra eles em bitcoins.

– Muito engenhoso, nunca tinha visto essa maracutaia. Quando combinaram isso?

– Há pouco mais de cinco anos, na sauna do nosso clube.

– Tu que abordou eles?

– Não. Eles que me procuraram.

– Posso tomar teu depoimento logo em seguida. Vai confirmar tudo depois em Juízo?

– Vou, Doutor. Dou minha palavra.

Delações forçadas

– Então, fica tranquilo e sereno, aqueles vídeos serão destruídos, não interessam pra investigação. Fio do bigode. Tu será solto em breve. E, como eu gostei de ti, vou te dar um bônus: nós vimos a tua evolução patrimonial, então tu vai ficar com a cobertura que vocês moram porque é bem de família e foi comprado antes das tuas trampas, com dinheiro da tua mulher. O resto, os outros imóveis e carros, serão leiloados pra recuperar um pouco do desfalque ao Erário. Vamos leiloar também o carro e o loft da tua amante, que, por estarem no nome dela, configuram ocultação de bens e lavagem de dinheiro. Vamos te dar uma força pra salvar o teu casamento.

– Que é isso, Doutor? Eu dei o apartamento porque amo a Carol, pra garantir o futuro dela. Não tem nada de ocultação.

– Bom, esse é o acordo. Ela não será indiciada por lavagem nem por outro crime. Vou deixar que ela tire todos os móveis e utensílios da casa, assim acho que fica justo. Sei que a Carol é advogada, pode trabalhar e comprar outro carro e apartamento, como todos brasileiros tentam fazer, ou arranjar outro mantenedor. É pegar ou largar.

– Fechado.

À noite, ainda na Delegacia.

– Tudo resolvido, Genésio. Prepara a sala de depoimentos, vamos interrogar o Alvo 1 daqui a quinze minutos. Ele vai confessar e entregar os auditores em delação premiada. Depois do interrogatório, na segunda-feira mesmo, vamos entrar com pedido de prisão preventiva e busca e apreensão nas casas e no local de trabalho dos servidores.

– Como o senhor conseguiu isso, Doutor?! O cara parecia muito frio.

– Genésio, eu só dei uma forcinha, falei um pouco de Deus e ele se arrependeu. Todo mundo se arrepende de algo.

– Doutor, nós vamos interrogá-lo sem a presença do advogado? Depois eles anulam a ação penal no STJ ou no Supremo.

– Deixa pra mim, Genésio. Eles não vão alegar nada. Prepara a sala.

Genésio

Dez dias depois. Manhã de segunda-feira. Jacinto está irritado, perdeu nas palavras cruzadas de novo.
– Teresa, viu aqui na capa da Zero?
– Eu não leio a Zero, Jacinto.
– Pois hoje tu vai ler a capa e a notícia! Olha aqui, ó: *Estado vai fiscalizar e reavaliar todos os benefícios fiscais concedidos nos últimos 10 anos.* Essa ordem do Governador é consequência da nossa operação. E na matéria saiu o meu nome.
– Que legal, amor. Já resolveste o caso do Genésio?
– Ainda não, mas até sexta, quando vamos enviar o inquérito pra Justiça, eu resolvo. Deixa comigo.

Mais tarde, após ouvir o seu comentarista direita raiz numa nova rádio porto-alegrense, e não encontrar a velhota fumante da esquina da Ipiranga com a Santana, Jacinto chega alegre na Delegacia:

– Olá, Genésio! Bom dia! Nós vamos conseguir finalizar o inquérito nos quinze dias? Sem passar o prazo de réu preso?

– Lógico, Doutor. Talvez alguma perícia fique pra trás, mas nada importante. Depois a gente junta o que faltar.

– Liga pra lá e põe uma pressão no Chefe da Perícia.

– Certo, Doutor. E o meu caso?

– O teu caso, a amante do chefão? Não te preocupa, ela não vai ser indiciada, nem denunciada.

– Para de brincadeira, Doutor! Eu não durmo nada desde essa operação. Chego a sonhar com o negócio. Pior que eu não lembro de tudo o que rolou.

– Já vi todo o teu showzinho, outro dia te conto lá no Bar do Seu Rabelo.

– Esquece isso, por favor.

– Genésio, liga urgente pro Procurador titular da Benefit?

– É pra já.

Logo depois:

– Doutor Cisneros? Bom dia, aqui é o Delegado Jacinto. Tudo tranquilo?

– *Tudo na santa paz. Parabéns pela operação e pela prisão dos auditores. Fiquei sabendo que um deles se cagou e abriu o bico, confessou e entregou o mais vetera, né?*

– Sim, Doutor. Deu toda a coisa pra nós. O outro silenciou, mas, com as provas que temos e ainda a delação premiada do empresário, ele tá fudido. Capaz até de perder o cargo antes de ser condenado.

– *Ótimo. O senhor vai me mandar o inquérito no prazo? Até sexta?*

– Sim, Procurador. Pode ser que fique alguma perícia pendente, mas nada importante, focamos no principal.

– *Ótimo, a minha assessoria já tá trabalhando nisso. Vou mandar a denúncia pra Justiça na segunda ou terça-feira.*

– Mas, Doutor, agora o assunto é outro. Nós apreendemos um HD na casa da amante do empresário. Ela tinha doze câmeras e gravava os encontros sexuais semanais deles há cinco anos, depois editava e escolhia os títulos. São mais de duzentos e cinquenta vídeos.

– *Que cara esperto, hein, Delegado? Vi que tanto a mulher como a amante são sensacionais... Mas, e daí? Isso é irrelevante, vamos pedir pro Juízo apagar esse material?*

– Essa é a ideia, Doutor, só que tem um problema. O Genésio, meu escrivão, aparece num desses vídeos na casa da Carol.

– *Como?!*

– Eu autorizei ele a seguir os alvos, esporadicamente, e o abobado se apaixonou. A mulher, malandra velha, sacou ele um dia e o levou pro seu loft, pra seduzir e filmar o Genésio. Eu vi o vídeo. Ele é muito cabaço. Um ótimo cara, mas verde total.

– *Puta que pariu! Se isso vaza pra imprensa, estamos todos fuzilados. E vai tumultuar o processo.*

– O HD está conosco. Posso mandar o Genésio entregar aí pro senhor um pen drive com alguns vídeos com o nosso Alvo 1 e o dele mesmo? Só pra ter uma ideia...

– *Me manda todo o conteúdo, envia um espelho do HD.*

– Certo. Amanhã de tarde estará aí. O que o senhor acha de, na sexta, irmos falar com a Juíza e pedir pra ela autorizar a destruição desse material?

— *Me manda a cópia do HD. Ligo na quarta ou quinta pro senhor, Delegado.*

— Fechado. Se tiver alguma dúvida, pode ligar a qualquer hora, Procurador.

— *Obrigado, abraço.*

Jacinto respira fundo e se acomoda na cadeira. Genésio está na sala ao lado, com a cabeça a ponto de explodir. Impaciente, bate três vezes e irrompe no gabinete do chefe.

— Sim, Genésio.

— E aí, Doutor Jacinto, ele vai ajudar?

— Fica tranquilo. Já joguei futebol e tomei cerveja com esse Procurador. É ponta firme. A assessoria dele, o pessoal do MPF e da Justiça, todos gostam de ti, tua fama de CDF te precede.

— Não consigo mais dormir, Doutor.

— Toma um calmante então, e não enche.

Na quinta-feira:

— *Delegado Jacinto?*

— Sim, Doutor Procurador.

— *Vi alguns vídeos. Material de primeira, hein?*

Os dois riem.

— Concordo, especial e deveras interessante. Nem cheguei a ver tudo, é coisa que não acaba. Vamos falar com a Juíza amanhã de manhã?

— *Delegado, deixa essa pra mim. Nós nunca fomos falar com algum Juiz juntos. Acho que eu fui uma vez com um outro Delegado, periga a Juíza até estranhar. Cada um faz a sua. Vou levar pra ela um pen drive com o vídeo do Genésio e vou juntar uns três outros mais pesados do empresário e da*

*amante. Escatológicos. Depois vou explicar a nossa ideia e o
pedido. Não vai ter problema.*

– Ok, Doutor, mas qualquer coisa me liga. O Genésio
tá quase surtando.

– *Feito.*

Sexta-feira, dez da manhã no prédio da Polícia Federal
em Porto Alegre. O Delegado Jacinto já tomou três cafés
passados, foi ao banheiro e encontrou o papel higiênico
colocado como não deve ser. Irritado, liga para o ramal do
escrivão.

– Genésio, a moça da limpeza não aprendeu ainda
aquele macete do papel higiênico? E me liga agora pro Procurador que não me deu retorno ainda.

– *Desculpe, Doutor, falarei com ela novamente. E já
vou ligar pro MP e passar a ligação pro senhor.*

– Genésio, liga lá e me passa a ligação direto. É chato
deixar a pessoa na linha esperando.

– *Certo, já passo pro senhor.*

– Alô, Doutor Cisneros, tudo bem? Como foi com a
Juíza?

– *Tudo bem, Delegado? Ia ligar em seguida. Passei pra
Juíza o pen drive e expliquei a situação. Ela abriu, assistiu ao
vídeo do Genésio e depois um arquivo que se chama Golden
Shower. Nem chegou a terminar de ver. Na hora, disse:
Doutor, pode fazer o pedido de destruição desse material irrelevante para o processo, para a defesa e acusação. É a vida
íntima de um dos investigados, que tem família, e um deslize
do escrivão, que me parece ter sido seduzido pela investigada. Está tudo certo com a atriz desse vídeo? Será que ela não*

tem um backup e pode divulgar depois? Ou até chantagear a Polícia?

– ...

– Daí eu falei: não, Doutora. O Delegado Jacinto é experiente e já deu um jeito em tudo. Aí ela disse pra eu enviar o pedido fundamentado ainda hoje, que vai despachar em 24 horas, antes de examinar a denúncia. Me parabenizou pelo ótimo trabalho do MPF e da Polícia Federal e mandou um abraço pro senhor, Delegado.

– Maravilha, Procurador! Resolvido, então. No verão, vamos marcar um joguinho de futebol lá na nossa associação, com churrasco depois. Tudo por minha conta.

– Fechado, mas acho que o Genésio é que devia bancar a carne e o chope. E tem que ser picanha.

Jacinto gargalhou.

– Certo, Doutor. E não esqueça de deletar aquela cópia do HD. Vai que cai numa mão errada.

– Pode deixar, Delegado. Só vou ver alguns vídeos com uns títulos que nunca ouvi falar e depois coloco o HD na churrasqueira...

Uma semana depois.

Após três batidas na porta do gabinete do Delegado Jacinto, Genésio adentra, radiante.

– Doutor Jacinto, nem sei o que falar. A Juíza aceitou a denúncia e homologou a delação premiada. Os incentivos fiscais vão ser revisados pelo Tribunal de Contas, Assembleia Legislativa, MP de Contas e Auditoria-Geral do Estado. Os auditores já estão afastados, respondendo a processo-disciplinar. E o senhor ainda me salvou!

– Agradeça ao Procurador e à Juíza, mas principalmente à Teresa. Tu teve sorte. Vida que segue, mas nunca comenta isso com ninguém!

– Certo, Doutor, não sou tão idiota assim.

– Não mesmo, é só um juca-bala.

– O senhor não ficou com aquela cópia do HD, né? Fiz duas, e entreguei só uma pro Procurador.

– Fica tranquilo. Tá bem guardada e protegida com senha criptografada de 128 bits.

– Mas por que o senhor vai guardar? É perigoso.

– Nunca se sabe. Essa ação penal ainda vai passar pelo TRF4, pelo STJ e talvez chegue no STF, daqui a alguns ou muitos anos. Até lá, a percepção da ação criminosa corre o risco de se alterar e alguns réus podem mudar totalmente a sua atitude, antes colaborativa. Então, é bom ter esse trunfo nas mãos. Na verdade, o que eu quero mesmo é ver todos os vídeos, porque esses dias me deu um cutuco que o Delegado anterior do caso, aquele que se matou, também pode ter visitado a casa da tua Carol.

O conselho

Uma semana depois, o Delegado Jacinto e o escrivão Genésio estão caminhando em direção ao Bar do Seu Rabelo.

– Delegado, olha lá, as gêmeas estão na janela abanando pra nós.

– Faz que não viu, Genésio. Vou fingir que atendo meu celular.

– Afinal, o senhor vai falar com o Seu Rabelo sobre os gatos?

– Entra logo no bar e pega a nossa mesa. Vou no banheiro trincar o vaso.

Passados quinze minutos, Jacinto se junta a Genésio, ambos estão com cara de puro alívio no rosto.

– Doutor, estou muito feliz. Não só deu tudo certo na Operação como o senhor ainda acertou o meu lado. Serei eternamente grato.

– Deixa de mimimi, Genésio. Vamos fazer assim: hoje é tudo por tua conta. Prepara o cartão.

– Pode deixar, Doutor. Será uma honra.

– Seu Rabelooo! Vê aí uma porção de pastel Jacinto e aquelas papas fritas com queso y panceta. E duas cervejas trincando. Estamos com sede.

– Si, Delegado. Parabéns por la operación. Ningún del PT foi preso de esa vez?

– Ninguém, Seu Rabelo. Mas na próxima eles caem, deixa pra mim.

– Ahi, ya lo saben, dos rodadas de cerveza grátis para todos de la Policia Federal.

– Seu Rabelo, seus gatos estão bem?

– O Wolverine e a Magali estão lá na cozinha com o Paco. Por quê, Doutor?

– Nada, Seu Rabelo, cuida bem deles. Esses bichanos são umas potências.

Seu Rabelo se afasta com um sorriso e o peito estufado.

– Genésio, te convidei pra vir aqui pra termos uma conversa séria. Tu tem uma missão pro ano que vem: casar, colocar uma mulher nesse corpo, tu é muito verde. Por causa disso, quase botou a tua carreira fora.

– Desculpa, Doutor. Não acontecerá de novo.

– Pode ocorrer, sim. Tu tem até o final do ano que vem pra desencalhar. É uma ordem! Mas vou te ajudar, confia em mim.

– Estou bem assim, Doutor.

– Com quantos anos tu tá? Quarenta? Olha, daqui a pouco tu já tem de começar a tomar Viagra ou Cialis.

– Minha saúde é muito boa, Doutor.

– E aquela namorada? Cláudia, né? Vocês foram noivos. Há quanto tempo terminaram?

– Três anos.

– O que houve? Ela parecia tão legal, tão calma.

– Foi o conjunto da obra, Doutor.

– Como assim?

– Primeiro, o senhor sabe, ela é da minha cidade, nossas famílias se conhecem desde sempre. São tradicionais, então não queriam de jeito nenhum que a filha deles saísse de casa sem casar.

– Muito comum no interior.

– Eu não queria casar antes de morar com ela, pra ver como seria o nosso convívio diário.

– Muito esperto, Genésio.

– Daí, ela conseguiu um emprego aqui em Porto Alegre e nos comprometemos com os pais dela de noivar e já marcar o casamento. Ela queria pra dali a seis meses. Eu finquei pé em um ano. Enquanto isto, ela foi morar comigo.

– E aí, o sexo não era bom? A Cláudia era bonita.

– Não foi isso, Doutor. As pequenas coisas meio que foram minando a nossa relação.

– Por exemplo...

– Um dia, eu cheguei em casa e ela estava arrumando minha coleção de LPs. Pô, Doutor, isso é falta de educação.

– Que bobagem, Genésio. Tem mulher que é assim, maníaca por arrumação e limpeza. A Teresa também já foi desse jeito.

– Doutor, toda vez que eu ia no banheiro via a pasta de dente espremida no meio... Pedi uma dezena de vezes pra ela cuidar isso.

– Tu é mais neurótico do que eu imaginava, Genésio.

– É que isso irrita.

– Mas, pelo que me lembro, teve uma briga feia, né?

– Tenho até vergonha de contar, Delegado.

– Desembucha, hoje sou teu psicólogo 0800.

– Doutor, a Cláudia sempre reclamava que eu tinha livros demais, que não parava de comprar, que eu nunca ia ler todos... Ela não entendia que os leitores precisam ter opção, não interessa se vamos ler os livros ou não.

– Sei como é, a Teresa é assim.

– Daí, um dia, eu cheguei mais cedo da Delegacia e ela estava organizando os meus livros. Perguntei o que era aquilo e ela disse que estava muito bagunçado. E emendou: *Emprestei aquele teu livro do tubarão, que eu gostei, pra Ângela. Tudo bem?* Doutor, nem respondi. Ela emprestou um clássico, "A longa migração do temível tubarão branco", do maior escritor da Atenas do Sul, e um dos maiores do Brasil, Lourenço Cazarré.

– Nunca ouvi falar. O que é a Atenas do Sul?

– É Pelotas, Doutor. Bom, o senhor não lê muito, né?

– Leio a Zero.

– Fiquei puto da cara porque ela emprestou sem me perguntar. Bom, eu não ia deixar também. Todos sabem que três coisas não se empresta nunca: livros, mulheres e carros.

– Concordo, Genésio. Mas, na boa, isso não é nada, né?

– Doutor, logo depois eu entrei no banheiro e a pasta de dente tava espremida no meio. De novo. Daí eu peguei uma tachinha, coloquei bem no meio da bisnaga e larguei em cima da pia. E fui pro futebol sem falar com ela.

O conselho

– Puta que pariu, mas que filho da puta! E aí?

– Quando cheguei em casa, ela estava na cama chorando, o dedo enfaixado. Perguntou por que eu tinha feito aquilo. Disse que ia ligar pro pai buscar ela no dia seguinte.

– E tu não fez nada?

– Não consegui, Doutor. Me senti tão mal, fiquei tão envergonhado, que só consegui pedir desculpas. Tomei um banho e fui dormir no sofá.

– ...

– No outro dia, a Cláudia foi embora. Mas não se preocupe, Delegado, estou tranquilo. Tenho minha rotina e adoro meu trabalho aqui na Polícia com o senhor. Tenho meus livros, meus discos, um cinema semanal e o Grêmio.

– Se o teu bem-estar depender do coirmão, tá ralado.

– E família dá um trabalho, vejo pelo senhor com o Jacintinho e a Luísa. E os cachorros, como é o nome deles mesmo?

– O Golbery é meu, o Che é da Teresa.

– ...

– Eureca, Genésio! Taí! Tive uma ideia pra te desencalhar de vez. Tu vai num desses canis da Prefeitura e adota um guaipeca bem estropiado.

– Pra quê, Doutor?

– Pra te fazer companhia. Mais do que isso, tu vai levar ele nos cachorródromos do Parcão ou da Encol, todos os dias de manhã cedo, antes de vir pra cá, e à tardinha. Lá sempre tem muita mulher solitária, encalhada que nem tu.

– Acho que não estou interessado, Doutor.

– Já disse que é uma ordem, Genésio. Vai melhorar o clima aqui no trabalho. E vê se me arruma um cusco bem judiado. De preferência um aleijão, sem uma pata ou cego. Isso vai facilitar ainda mais as coisas pra ti, vai por mim. Tenho experiência nisso.

– Não se incomode, Delegado.

– Assunto encerrado. Depois que tu arranjar alguma incauta, me lembra de te falar da importância do homem ter seus próprios panos de prato no casamento.

O celular do Delegado toca o Bolero de Ravel.

– É a Teresa, tenho um toque diferente pra saber que é ela. Peraí...

– Oi, amor. Estou no Bar do Seu Rabelo com o Genésio. É tudo por conta dele, por isso não tenho hora pra chegar hoje: A noite é uma criança.

– ...

– Quê? Tá bom, amor, até mais tarde.

– O que foi, Doutor?

– Ela disse pra eu deixar de bobagem, que hoje é quarta, o dia do sofá, e está fazendo uma jantinha pra nós. Disse que é pra eu chegar até as dez horas, se não vai chamar algum vizinho pra jantar. Mas não te preocupa: às dez horas eu saio daqui. Não posso chegar tarde, mas também não devo chegar na hora que ela mandou. Entendeu agora, Genésio?

Epílogo

Às vinte e duas horas e dezessete minutos, a grande aldrava com cara de gárgula ressoa alto por três vezes na residência dos Sanchotene Silva. Jacinto instalou a peça sinistra para afastar vendedores de rua e pedintes. E porque Teresa não gosta que ele use a campainha do Colorado.

Uma voz feminina, suave e aveludada, prontamente responde:

– Quem é?

– Sou eu, amor. Esqueci a chave lá no trabalho. Vim de Uber. Posso entrar? O vizinho já está aí?

Teresa abre a porta. Está deslumbrante num baby doll vermelho curto, usando sapatos de salto alto na mesma cor. Os cabelos estão presos num rabo de cavalo.

– Que vizinho, amor? Nossos vizinhos são casados, velhos e feios. Eu tinha certeza absoluta que tu ia chegar antes das dez e vinte. Conheço muito bem o meu eleitorado. Vem logo tomar uma espumante comigo antes de comer a janta.

Capa e projeto gráfico: Marco Cena
Produção editorial: Bruna Dali e Maitê Cena
Revisão: Gustavo Melo Czekster
Produção gráfica: André Luis Alt
Foto do autor: Márcio Pimenta

Dados Internacionais de Catalogação na Publicação (CIP)

V145o   Valdez, Rodrigo
        Operação Benefit : corrupção, sexo, família e
        pastéis de quibebe. / Rodrigo Valdez. – Porto Alegre:
        BesouroBox, 2023.
          144 p. ; 14 x 21 cm

        ISBN: 978-85-5527-119-9

          1. Literatura brasileira. 2. Novela policial. I.
        Título.

                            CDU 821.134.3(81)-32

Bibliotecária responsável Kátia Rosi Possobon CRB10/1782

Copyright © Rodrigo Valdez, 2023.

Todos os direitos desta edição reservados a
Edições BesouroBox Ltda.
Rua Brito Peixoto, 224 - CEP: 91030-400
Passo D'Areia - Porto Alegre - RS
Fone: (51) 3337.5620
www.besourobox.com.br

Impresso no Brasil
Julho de 2023.